LES SOURCES

Marie-Hélène Lafon, née dans une famille de paysans, a étudié les lettres classiques à la Sorbonne avant de devenir professeur agrégé de grammaire à Paris. Elle commence à écrire à trente-quatre ans. Son premier roman, *Le Soir du chien*, est récompensé par le prix Renaudot des lycéens en 2001. Elle écrit par la suite de nombreux romans, et reçoit le prix Renaudot en 2020 pour son roman *Histoire du fils*. Tous ses romans sont publiés chez Buchet/Chastel.

Paru au Livre de Poche :

LE SOIR DU CHIEN

MARIE-HÉLÈNE LAFON

Les Sources

ROMAN

BUCHET/CHASTEL

Contenus pédagogiques à l'intention
des enseignants disponibles sur livredepoche.com

ISBN : 978-2-253-24834-7 – 1re publication LGF

À Pascale Gautier.

« Le sanglier solitaire hume vers les fermes.
Il connaît l'heure de la sieste.
Il trotte un grand détour sous les frondaisons, puis de la corne la plus rapprochée, il s'élance.
Le voilà. Il se vautre sur l'eau.
La boue est contre son ventre.
La fraîcheur le traverse d'outre en outre, de son ventre à son échine.
Il mord la source. »

Jean Giono, *Colline*

Samedi 10
et dimanche 11 juin 1967

Il dort sur le banc. Elle ne bouge pas, son corps est vissé sur la chaise, les filles et Gilles sont dans la cour. Ils sont sortis aussitôt après avoir mangé, ils savent qu'il ne faut pas faire de bruit quand il dort sur le banc. Claire a refermé derrière elle les deux portes, celle de la cuisine et celle du couloir. La table n'est pas débarrassée, elle s'en occupera plus tard, quand il aura fini la sieste. Une lessive sèche dans le jardin, Nicole l'a écartée sur le fil avant de partir, il faudra ramasser tout le linge, repasser, ranger, préparer les vêtements des enfants pour demain matin, les leurs aussi, et cirer les chaussures. Elle est contente de descendre chez ses parents, elle voudrait être contente, on sera chez elle, de son côté, on pourra rire et parler fort, il n'aura pas le dessus ; chez elle il n'a pas le dessus, il mange et il se tait. Dans trois semaines, le 30 juin, elle aura trente ans. Trente ans, trois enfants, Isabelle, Claire et Gilles, deux filles et un garçon, sept, cinq et quatre ans, une ferme, une belle ferme, trente-trois hectares, une grande maison, vingt-sept vaches, un tracteur, un vacher, un commis, une bonne, une voiture, le permis de conduire. Heureusement elle a le permis de conduire ; sa mère a eu raison d'insister pour qu'elle le passe. Isabelle, Claire, Gilles. Les trois prénoms reviennent toujours dans ses listes ; trois enfants, trois prénoms, trente-trois hectares, trente ans. Elle s'accroche à ses listes. Isabelle et Claire sont sur les balançoires ; Gilles les regarde, il est assis sur le mur, les bras croisés sur la poitrine, il tend ses jambes nues en imitant la cadence de ses sœurs qui cherchent à se donner de l'élan. Elle n'aura pas d'autre enfant, il sera le dernier, elle aime le tenir contre elle, le garder, il est doux, il sent le sucre chaud et le bébé, encore. Il rit quand il se réveille, il est joyeux le matin quand ils sont seuls dans la chambre elle et lui. Les filles s'échappent déjà, elle le sent ;

elles courent, elles sautent, elles sont sérieuses, elles se taisent. Isabelle est entrée à l'école, le ramassage scolaire passe au bout du chemin, le matin et le soir ; la maîtresse dit qu'elle apprend bien. Elle fait ses devoirs sur la table de la cuisine et on n'a pas besoin de surveiller. Claire entrera au cours préparatoire dans un peu plus d'un an. Elle pense à sa mère et à ses tantes qui disent toujours que ça passe vite, la vie, le temps, les années de jeunesse où on a les enfants petits avec soi dans les maisons. Elle commence à le comprendre, elle déglutit dans le silence de la sieste, elle appuie son menton sur ses mains et ses coudes sur la toile cirée, de part et d'autre de son assiette, elle déglutit encore. Bientôt huit années depuis son mariage ; elle compte, dans six mois et dix-sept jours, ils se sont mariés le 30 décembre 1959. Elle n'aime pas penser à ça, il ne faut pas. Huit ans de mariage, et quatre ans à la ferme, ici, loin de tout, au bout du monde. Elle voudrait se lever, sortir, aller ramasser la lessive, faire ce qu'il faut, prendre un peu d'avance avant la grande toilette des enfants, la toilette du samedi qui est plus longue quand on descend le lendemain chez les grands-parents, chez elle et chez lui, il faut que les trois soient impeccables, toujours. Son corps pèse. Elle attend.

Nicole a seize ans, bientôt dix-sept. Avant elle, pendant plus de trois ans, il y avait eu Annie, sa première bonne. Annie était si gentille, si vive, et joyeuse, gaie, du matin au soir. On voyait qu'elle avait l'habitude du travail. Les lessives pour une famille de cinq personnes sans compter le linge des deux ouvriers, le ménage d'une grande maison, les poules et les lapins, l'entretien du jardin, arroser sarcler, rien ne lui faisait peur. Elle était née dans le pays et n'en était jamais partie. Ses parents tenaient une petite ferme sur les hauts de la commune et son père allait aussi en journée dans la vallée pour joindre les deux bouts. Annie connaissait les gens, les familles, les histoires, et en parlait bien, sans malice mais toujours avec le mot pour rire. Annie avait eu vingt ans, s'était mariée et avait suivi son mari qui ouvrait un garage à Mauriac, à l'autre bout du département. Les femmes suivaient les maris. Nicole suivra le sien, Nicole aura un mari, même si elle est moins jolie qu'Annie, moins pimpante, et plus lente, plus lourde. On s'habitue à tout ; elle s'est habituée à Nicole qui manque parfois un peu d'idée mais travaille très bien. Nicole vient aussi d'une ferme, elle est l'aînée d'une famille nombreuse et on sent qu'elle a été élevée à la dure. Elle n'a pas été élevée à la dure, elle. Il ne faut pas penser à ça non plus, elle en a les jambes coupées, chaque fois, mais elle ne peut pas s'empêcher de ruminer ses rengaines de petite fille. Même si on n'était pas riche, on ne manquait de rien, et pendant que le père était prisonnier en Allemagne, sa mère avait mené la barque, toute seule, avec les quatre grands-parents qui ne savaient pas quoi faire pour la gâter, elle, la petite, la princesse, la reine. À Fridières, elle passait d'une maison à l'autre, les fermes se touchaient, les parents s'étaient toujours connus. Elle avait eu quatre, six, sept ans, et le père ne revenait pas. On en parlait, on envoyait des colis. Quand elle avait su écrire, elle avait tracé des mots que lui dictaient sa mère et sa grand-mère au bas de la lettre pour le prisonnier ; elle s'était appliquée mais elle se souvient d'avoir pensé, sans le dire, que ça ne lui plaisait pas d'avoir un papa prisonnier, les deux mots n'allaient pas ensemble. Ensuite il était revenu, il avait l'air vieux et fatigué, elle n'avait pas reconnu l'homme qui était sur la photo de mariage et, au bout de quelques jours, elle avait demandé à sa mère si le monsieur n'allait pas bientôt repartir.

Elle enfonce son menton dans ses mains et ses orteils remuent sous la table dans ses pantoufles bleues. Elle ferme les yeux. Elle dormait avec sa mère; jusqu'au retour du prisonnier elle avait dormi avec sa mère, dans le grand lit, dans son chaud, collée contre le dos de sa mère, le nez dans les cheveux dénoués de sa mère, emmêlée à elle. Ensuite, après le retour, jamais plus. Jamais. Une boule monte dans sa gorge, il ne faut pas, elle voudrait s'empêcher, elle doit garder des forces pour tout faire, sinon ce sera encore le cirque, la corrida. Elle a des mots, maintenant, pas beaucoup, deux ou trois, ça suffit; depuis toutes ces années elle a trouvé des mots pour se parler à elle, dans sa peau, de ce qui lui arrive, de ce qui est arrivé dès le début, aussitôt après le mariage. Elle ne dit ces mots à personne, comment les dire, il faut faire semblant devant les gens, tous les autres sont les gens, même sa mère, son père, et ses sœurs. Ses sœurs savent, elles ont senti, elles ont compris, elles ont vu, une fois, après la naissance de Gilles, où il n'a pas pu se tenir devant elles. Depuis elles ne sont pas revenues à la ferme passer quelques jours comme elles le faisaient quand les filles étaient plus petites, mais elle ne sait pas si ses sœurs ont parlé à sa mère de ce qu'elles avaient vu. Sa mère ne lui a rien dit et elle non plus. Les mots ne lui viennent pas, l'orgueil les bloque. Elle appelle ça l'orgueil, ce qui la fait tenir et rester et qui compte aussi pour sa mère ; elle le sait, elle connaît sa mère mieux que personne, mieux que ses sœurs et que son père. C'est à cause des années de la guerre, de l'odeur des cheveux de sa mère quand elles étaient dans le chaud du lit, les deux. Elle relève le menton, ouvre les yeux, et enfonce ses doigts dans la chair de ses pommettes. Elles allaient aussi au cimetière, le dimanche, après la messe. Les deux grands-mères, la maternelle et la paternelle, la mémé et la mamie, les suivaient d'un peu loin, restaient en arrière. Sa main gauche était dans la main droite de sa mère, elles se tenaient debout devant la tombe, ça ne durait pas longtemps; sa mère ne disait rien et serrait seulement sa main un peu plus fort dans la sienne qui devenait moite. Ensuite c'était fini, elles sortaient du cimetière. Plus tard, quand elle était allée à l'école du bourg, elle avait pu lire sur la tombe, André 1935-1937.

Il remue un peu sur le banc, il bouge son bras gauche qui est replié sur ses yeux à cause de la lumière, il a laissé ses lunettes sur la table, à côté de son couteau fermé, et il dort comme ça, allongé sur le banc étroit, la jambe gauche posée sur la droite, les pieds croisés. Elle connaît ses heures, il va dormir encore dix minutes. Il sera réveillé et levé d'un coup. Il mettra d'abord ses lunettes, il prendra son couteau et il lui demandera sans la regarder ce qu'elle attend pour ramasser la table. Il ne supporte pas le moindre bruit pendant sa sieste. Elle ne répondra pas. La boule durcit dans sa gorge. Elle a l'orgueil, comme sa mère, c'est une façon d'être, même si ça n'explique pas tout. Sa mère aurait pu empêcher le mariage, en insistant beaucoup, elle ne l'avait pas fait. Son père lui avait parlé, une fois, un soir du dernier été qu'elle avait passé chez ses parents, en 1959. Ils revenaient du pré rond, lui avec la faux, elle avec le râteau ; c'était un petit pré en pente, tout biscornu, enfoncé sous des frênes qui arrêtaient le soleil. Le père avait fauché, elle avait râtelé derrière lui le foin qui n'était pas haut, et tout clairsemé, mais qu'il fallait quand même déplacer pour qu'il échappe à l'ombre des frênes et sèche mieux. Elle aimait bien travailler avec le père, il était calme et doux. Après le dernier tournant, en haut de la côte, il s'était arrêté ; de là, on voyait tout, Fridières d'abord, et, en face, de l'autre côté du ruisseau, le Résonnet, la ferme de Soulages, qui avait fière allure, les deux bâtiments, les prés, les bêtes, et la grosse maison, où elle irait habiter après son mariage, dans moins de six mois, on avait fixé la date, le 30 décembre. Pierre travaillerait avec son père, comme il le faisait déjà avant le service militaire. Il allait rentrer, dans neuf semaines, il le confirmait dans sa dernière lettre ; fin septembre ou début octobre. Le père s'était tourné vers elle, il avait dit, c'est une belle ferme, tu seras pas loin à Soulages, mais j'aime pas ton fiancé, j'aime pas comment il te regarde.

La cour est verte. Isabelle est montée dans l'érable, elle grimpe presque jusqu'en haut et y reste longtemps ; on voit ses pieds quand on s'avance sous l'arbre, contre le tronc, on devine qu'elle est là mais elle ne répond pas si on l'appelle. Elle ne sait pas bien comment s'y prendre avec Isabelle qui est l'aînée, comprend tout, lui résiste, à elle, et se méfie de son père. Claire et Gilles sont accroupis devant les clapiers et parlent aux lapins. Depuis le pas de la porte, elle les voit de dos ; la lumière joue sur leurs cheveux châtains, avec des reflets dorés bouclés pour Claire, souples pour Gilles. Ils ne sont pas blonds, elle n'aura pas eu d'enfants blonds. Isabelle est frisée, comme son père, et presque brune. C'est Claire qui parle aux lapins, Gilles écoute et tourne la tête tantôt vers sa sœur, tantôt vers les lapins, comme si les lapins répondaient. Elle lui demandera si les lapins répondent quand Claire leur parle ; il lui racontera en gazouillant avant de s'endormir, quand elle le couchera. Son petit lit à barreaux est dans la chambre du bas, à côté de la leur ; elle aime rester longtemps sur la chaise basse, elle appuie son épaule sur les barreaux du lit peint en jaune qui vient de chez elle, elle a dormi dans ce lit, avant le départ du père pour la guerre ; elle n'a jamais demandé à sa mère si elle avait eu le temps de l'utiliser pour André ; elle ne peut pas poser ces questions à sa mère. Ses sœurs, l'une après l'autre, ont dormi dans ce lit à barreaux et il reprendra du service quand elles auront des enfants. Ses sœurs fréquentent, elles ont vingt ans, elles vivent leur vie ; ses sœurs ne peuvent rien pour elle. Isabelle et Claire dorment déjà en haut, ensemble, dans un grand lit neuf. Le soleil de juin écrase la cour qu'il faut traverser pour aller au jardin chercher le linge propre, elle a pris la corbeille, elle la sent contre sa hanche, son corps avance, les enfants ne se retournent pas. La cour est vide ; à cette heure les poules sont dans le pré, derrière la maison, et les chiens sont descendus à l'étable, avec lui ; ils le suivent quand il se lève de la sieste, ils lui obéissent, ils filent. Quand elle voit revenir les chiens, qui restent dans la cour et n'entrent pas dans la maison, quand les chiens passent devant le portail du jardin ou se couchent derrière l'érable, elle sait qu'il n'est pas loin.

Le linge est sec et il sent bon. Les robes des filles pour demain, leurs deux gilets blancs, et les petites affaires de Gilles, à repasser. Les chaussettes, les culottes et les tricots de corps des enfants, deux combinaisons à elle, un chemisier, une jupe, à repasser aussi. Nicole ne mélange pas le linge quand elle le suspend, les vêtements des enfants d'un côté, ceux des adultes de l'autre, elle a ses manières de faire. Elle travaille lentement, avec beaucoup de soin. Quand elle arrose le jardin, le soir, elle se penche, elle regarde de près comment l'eau se répartit au pied de la plante, elle n'en met pas trop, et elle prépare les arrosoirs longtemps à l'avance pour que l'eau ne reste pas glacée comme elle l'est au sortir du robinet de la laiterie. Elle fait comme sa grand-mère et elle dit que le jardin de sa grand-mère est le plus beau de toute la commune. Isabelle aime arroser avec elle, elle s'applique ; de la cuisine, on les voit aller et venir. Heureusement que Nicole est là, c'est bien d'avoir une bonne, de pouvoir la payer, il n'y en a pas dans toutes les fermes ; à Fridières, chez elle de son côté, personne n'en a jamais eu, mais ni elle ni ses sœurs n'ont dû aller travailler chez les autres, se placer chez les autres. À Soulages, chez ses beaux-parents, c'est un gros train de maison, avec six domestiques à table tous les jours, matin, midi et soir, en plus des gens de la famille, et sa belle-mère a la même bonne depuis vingt ans, Yvonne, qui abat un travail fou, plus une ou deux femmes, toujours les mêmes, que l'on prend à la journée plusieurs fois par an, quand c'est nécessaire. Chez eux, on sait faire rentrer l'argent, il faut leur reconnaître ça ; ils ont été les premiers du pays à avoir un tracteur, une voiture, la télévision. La corbeille à linge est presque pleine. Elle se tient dans l'allée du jardin et secoue la tête pour ne pas penser à ces six premiers mois de son mariage, de janvier à juin 1960, où elle habitait Soulages. Elle se souvient et ça cogne de tous les côtés. Elle a été enceinte tout de suite, Isabelle est née le 30 novembre 1960, onze mois jour pour jour après leur mariage. Les deux combinaisons, le chemisier, la jupe ; elle les dépose sur le dessus de la corbeille ; elle ne reconnaît pas son corps que les trois enfants ont traversé ; elle ne sait pas ce qu'elle est devenue, elle est perdue dans les replis de son ventre couturé, haché par les cicatrices des trois césariennes. Ses bras, ses cuisses, ses mollets, et le reste. Saccagé ; son premier corps, le vrai, celui d'avant, est caché là-dedans, terré, tapi. Il dit, tu ressembles plus à rien. Il dit, tu pues, ça pue. Et il s'enfonce.

Pour se calmer et tenir, il faut faire. Faire des choses. Elle a appris ça ; travailler, réciter des listes, penser à d'autres personnes, se raconter les histoires des gens, en dehors de la famille, et profiter des occasions. Elle appelle occasions les accalmies, il y en a et certaines sont assez prévisibles. Cet après-midi, par exemple, elle sera seule jusque vers cinq heures ; il ne devrait pas remonter avant la fin de la traite, le vacher a pris sa journée puisque demain, dimanche, il fera tout le train seul avec le commis, Félix, qui, lui, ne s'en va jamais. Faire tout le train, donc la traite de l'après-midi et le fromage, le saint-nectaire. Le commis n'a plus de famille, sauf une sœur plus âgée qui vit à Chanterelle, à la limite du Puy-de-Dôme, et n'a sans doute pas très envie de le voir débarquer, surtout s'il a bu ; et quand Félix sort, il boit ; à la ferme, il trouve le moyen, entre deux repas, de téter sa chopine qu'il doit tirer au tonneau dans la cave et cacher ici ou là, mais il a l'habitude et ça ne le gêne pas pour son travail ; au contraire, c'est son carburant, il a besoin de sa ration de vin, il est comme le tracteur, en moins gourmand, il le dit lui-même ; et il rit, et on voit qu'il lui manque plusieurs dents, en haut et en bas. Félix a le vin gai. Il a quarante-cinq ans, elle a lu sa date de naissance sur ses papiers au moment de l'embauche et l'a retenue ; un 30 août, même jour et même mois que Claire, quarante ans plus tôt, exactement, en 1922. La date de naissance de Félix est même dans ses listes, avec celles d'Annie et de Nicole et après celles de ses parents, de ses sœurs, de tous les oncles, tantes et cousins et cousines qu'elle connaît. Félix est abîmé, il paraît largement dix ans de plus que son âge et ne veut pas sortir de ses routines, surtout pas pour apprendre à conduire le tracteur. Il en a même un peu peur, ça se voit à sa façon de se tenir encore à l'écart, le dos voûté, ramassé sur lui-même, quand le tracteur manœuvre dans la cour ou à l'entrée de l'étable. Pourtant, les machines, c'est l'avenir ; même son père le dit qui n'aime pas beaucoup ça non plus. Elle estime bien Félix, il est gentil, il se tient à sa place et n'ira pas répéter ce qu'il voit ou ce qu'il entend.

Félix a beaucoup vu et presque tout entendu. Il vit avec eux depuis le début, depuis qu'ils ont acheté la ferme. Ils ont signé en mars 1963, un jeudi, le 7, chez le notaire d'Allanche. Il tombait une pluie mêlée de neige, comme le jour du mariage, et ils avaient signé, comme le jour du mariage. Elle reste plantée dans l'allée du jardin, devant la corbeille pleine de linge sec et propre, dans la lumière verte de juin ; elle a signé. Elle pense à la ferme, qui est une belle ferme, et à la pluie mêlée de neige du jour de son mariage. Elle est rattrapée par cette pluie qui gâche tout son orgueil de propriétaire d'une belle ferme, avec un vacher, un commis et une bonne. Elle sait où sont les photos, elle ne les a pas rangées dans l'album vert que la tante Jeanne leur a offert, elle a tout glissé en vrac entre les premières pages de l'album et ça restera comme ça. Elle ne peut pas regarder ces photos. La première fois où ses sœurs sont venues à la ferme, en juin 1963, elles ont demandé à les voir, mais elles n'ont pas recommencé. C'étaient des gamines pourtant, quinze et seize ans, et elles se souvenaient bien du mariage ; elles ont d'abord ri, de la moustache du père, de reconnaître les invités, et de se retrouver dans le cortège sur la place du bourg, ou à la sortie de l'église sous les parapluies, avec leur gros manteau d'hiver et des chaussettes blanches de petites filles ; ensuite elles ont cessé de rire, elles lui ont rendu l'album et sont allées lever Isabelle qui était à la sieste mais ne voulait plus dormir. En juin 1963, ses sœurs étaient restées deux semaines et Annie était arrivée tout de suite après leur départ, heureusement, pour l'aider dans la maison et s'occuper de Claire, qui était facile mais n'avait pas encore un an. Ses sœurs étaient redescendues en emmenant

Isabelle, elle passerait l'été à Fridières, jusqu'à la naissance, prévue fin juillet. Elle attendait Gilles, elle avait mal dans le dos, ses jambes étaient enflées, sa cicatrice tirait. Elle n'avait plus de goût à rien. Elle aurait voulu pleurer et dormir tout le temps, et ne plus l'entendre, lui, ne plus le sentir, lui, qui tournait autour d'elle, surtout les nuits dans le lit où il fallait encore servir et le laisser faire. Elle avait été si soulagée que le bébé soit un garçon. Le lendemain matin, le Dr Lachalme, qui avait pratiqué les trois césariennes et la connaissait bien, était entré dans la chambre. Il connaissait la mère aussi et avait parlé avec elle. Il avait fermé la porte derrière lui, avait regardé le bébé, avait dit que c'était un beau bébé, s'était assis sur la chaise et lui avait expliqué ; la ligature des trompes, sa mère avait raison, elle ne pouvait pas continuer comme ça, trois césariennes en trois ans, à vingt-six ans, elle avait trois enfants en bonne santé, deux filles, un garçon, elle serait tranquille. Il avait répété le mot tranquille.

Jamais elle n'est tout à fait tranquille. Sauf le matin, entre le moment où il se lève pour aller traire, à cinq heures, et celui où elle doit, elle, vers six heures et demie ou sept heures au plus tard, sortir du lit pour attaquer la journée. C'est une expression de sa mère qu'elle se répète pour se donner du courage, attaquer la journée. Elle ne se levait pas après la bonne, c'était impossible que la patronne ne soit pas levée avant la bonne, même si Annie ou Nicole savaient ce qu'il y avait à faire pour la soupe du matin, que les hommes mangent vers sept heures et demie, et pour le petit déjeuner des enfants. La table de la cuisine est longue, les trois hommes à un bout, les trois enfants à l'autre, et elles, les deux femmes qui vont et viennent des uns aux autres. Elle a toujours connu ça, c'est la vie des fermes, mais chez eux, personne ne parle, sauf lui, et le vacher, le nouveau, Gérard, qui lui répond. Le jardin est beau, elle jette un coup d'œil, c'est important ; même si la maison est isolée au bout du chemin, les gens voient le jardin en passant sur la route du haut. Les gens savent tout dans ces petits pays, ici comme à Fridières ou à Soulages ; il faut que le jardin soit bien tenu ; les haricots, les carottes, les petits pois, les patates, les choux, on mange déjà de la salade depuis deux semaines, Félix sarcle et bêche, Nicole arrose. Les pivoines rouges qui viennent de Fridières ont été belles, pour la première fois, elles ont mis des années à s'habituer, c'est plus haut ici, on est à mille mètres. L'hiver est plus long, et la saison des jardins plus courte. Les pivoines sont déjà passées, il faudra attendre les phlox, début juillet, au moment de commencer à faner. Il aurait fallu planter ou semer d'autres fleurs mais elle a manqué de courage pour s'en occuper et maintenant c'est trop tard. Quand on fane, il devient comme fou, il veut avoir fini plus vite que tout le monde, il voudrait avoir fini avant d'avoir commencé, il crie qu'il est seul pour tout faire, qu'elle est un boulet, un tas. C'est vrai, il a raison, un tas, elle est devenue un tas. Un gros tas. Il cogne dedans, dans les jambes, dans le ventre.

Elle traverse la cour, elle entre dans la cuisine qui lui paraît sombre et fraîche. Elle n'aime plus le mois de juin. La vaisselle de midi est sèche, elle la range avec des gestes lourds, elle est lourde, sa viande est lourde. Elle redonne un coup d'éponge à la table avant de se mettre à repasser. Il faudrait aussi balayer le lino mais elle n'a plus le temps, elle a trop traîné au jardin, elle est toujours débordée. Claire et Gilles sont sur les balançoires, ils jouent à se renverser le plus loin possible en arrière, les jambes et le buste tendus, les fesses posées en équilibre sur la planchette étroite, leurs poings serrés sur les cordes. Ils ferment les yeux, leurs visages se plissent dans l'effort. Isabelle leur parle, d'en haut, de l'arbre. C'est la tante Jeanne, sa tante à lui, de son côté, la sœur de son père, qui a offert le portique pour les enfants. Elle n'est pas mariée, elle habite Meudon, à côté de Paris, et elle est professeur de mathématiques dans une école religieuse. Elle aime bien la tante Jeanne, c'est la seule personne de sa belle-famille avec qui elle se sente à l'aise, mais on ne la voit presque jamais, sauf une ou deux fois l'été, pendant les vacances, quand elle est à Soulages chez son frère. Depuis qu'Isabelle est entrée à l'école, la tante Jeanne envoie des livres pour les enfants, elle a dit qu'elle le ferait à Noël et pour les anniversaires. Au début, les deux premières années, elle était venue passer quelques jours, en été, entre le foin et le regain, avant le 15 août. Il s'était retenu tant que sa tante était là. Elle ne sait pas exactement pourquoi la tante Jeanne ne vient plus, mais elle le devine ; la tante a dû sentir que ça n'allait pas dans cette maison. C'est une femme qui connaît la vie ; elle a peut-être même essayé de parler à son neveu qu'elle appelle encore Pierrot, comme quand il était petit ; mais elle s'est découragée. Les gens se découragent, c'est normal, chacun a ses problèmes et s'occupe de ses affaires comme il peut ; c'est le bout du monde ici, la famille est trop loin. Personne ne vient chez eux, sauf le facteur, le marchand de bestiaux ou le vétérinaire, et ils ne vont chez personne. Ils sont nouveaux dans le pays, quatre ans, ça ne compte pas, on les appelle les Aurillacois, elle le sait, c'est Annie qui le lui a dit. D'un autre côté, elle préfère vivre seule dans son trou. C'est difficile de toujours faire semblant. Demain, chez ses parents, elle fera semblant. On restera longtemps à table, elle se reposera, on parlera des jardins, des gens, des voisins. Sa mère raconte bien, elle imite les uns et les autres, avec leurs manies, leurs façons de faire, leurs accents, tout le monde rit, même lui. Elle sentira le regard de son père posé sur elle, mais son père est un doux, il ne peut rien pour elle, elle a fait sa vie comme ça ; elle va avoir trente ans et sa vie est un saccage, elle le sait, elle est coincée, vissée, avec les trois enfants, il est le père des trois enfants, il les regarde à peine mais il est leur père, il est son mari et il a des droits.

Ils sont là, ils jouent dans la cour ; Gilles et Claire suivent Isabelle qui est descendue de l'érable. Ils traînent derrière eux des branches de sureau, Isabelle se retourne et parle aux deux petits ; on n'entend pas ce qu'elle leur dit, mais ils rient, Isabelle aussi. Dans la maison, en présence des adultes, Isabelle se tient un peu en retrait, elle serait presque sauvage, mais ses sœurs disent que quand elle est à Fridières, avec elles, elle n'arrête pas, c'est un tourbillon, et une pipelette, elle parle, elle parle, des questions sans arrêt, et elle a toujours un pied en l'air. Ses deux sœurs ont un faible pour Isabelle parce que c'est leur première nièce, et qu'elles l'ont beaucoup gardée après la naissance de Claire, quand elle est retombée enceinte tout de suite et qu'ils ont quitté Soulages pour prendre en location une première ferme où ils ne sont pas restés, à peine une année, de fin mars 1962 à février 1963. En mars 1963, ils sont montés ici, c'était loin, à plus de quatre-vingt-dix kilomètres, au moins une heure et demie de voiture, mais il a voulu, il a décidé, il fallait se lancer, on emprunterait pour acheter, on serait chez soi au lieu de payer un fermage à un propriétaire, et avec la vente du saint-nectaire, on arriverait toujours à rembourser, même en tirant un peu l'âne par la queue, peut-être, au début. La ferme était d'un seul tenant, avec un beau pré plat, et une rivière, la Santoire, pour irriguer, faire pousser du regain et tenir les bêtes à l'herbe le plus tard possible dans la saison. Il a de l'idée, comme son père, et comme son frère qui a pris un commerce à Aurillac. Elle n'aurait pas dû signer. Elle aurait dû dire non, refuser. Elle aurait dû partir, même enceinte, elle aurait dû partir, avec les deux filles. Elle n'avait pas pu. Elle n'aurait pas su dire pourquoi, ni comment, il avait la force pour lui, elle suivait. Elle avait suivi. Elle voudrait s'asseoir dans le fauteuil, dans le coin de la fenêtre, et dormir, pour ne plus penser. Elle a laissé la corbeille de linge sur la table, dans le couloir, elle va la chercher.

Ils descendent dans les familles le dimanche à peu près une fois par mois, ils mangent tantôt chez elle, tantôt chez lui, c'est réglé comme ça, ils partent vers dix heures et demie et remontent le soir; chaque fois, la veille, le samedi, c'est terrible, tout revient, elle est envahie. Elle le sait, elle s'y attend. Tout, les dates, les moments, ce qu'elle aurait dû faire, ce qu'elle n'a pas fait, elle se souvient, ça la traverse et elle ne peut pas lutter. On dirait qu'il le devine, qu'il le flaire, et le samedi soir, surtout ces samedis-là, il faut y passer, toujours; elle se dégoûte, il la dégoûte, il est pire qu'une bête, les bêtes ne sont pas méchantes, les bêtes ne parlent pas pour dire des mots qui sont pires que les coups. Elle aurait préféré que Nicole reste, même si elle se sent moins à l'aise avec elle qu'avec Annie, mais Nicole a sa journée, c'est normal, elle part le samedi avant midi et revient le dimanche soir. Elle est soulagée quand la bonne revient, elle respire mieux. Elle doit repasser, elle étale sur la table la couverture du repassage et branche le fer, il est neuf. Elle a posé la corbeille sur le banc, elle se penche, elle lisse la robe d'Isabelle avec le plat de la main et la repasse à l'envers, pour éviter de marquer le tissu ; elle sait que sa mère a l'œil, rien ne lui échappe, surtout dans la tenue des enfants. Elle voudrait ne pas décevoir sa mère, au moins ça. Elle sait que sa mère n'aime pas qu'elle soit devenue comme elle est ; sa mère a la langue pointue, elle le lui a déjà dit, qu'elle ne peut pas rester comme ça, dans cet état, à son âge, maintenant qu'elle n'aura plus d'enfants, il ne faut pas se laisser aller, il faut suivre un régime, c'est mauvais pour sa santé, et pour son ménage aussi, les hommes ont des besoins, ils vont chercher ailleurs ce qu'ils ne trouvent plus chez eux, elle ne doit pas se négliger, elle doit réagir, elle a de beaux enfants, elle est patronne d'une ferme, avec une maison à faire tourner, elle doit tenir son rang. Le mot rang roule dans la gorge de sa mère qui lui parle doucement, insiste, répète, lui touche le bras, penche la tête vers elle ; sa mère est grande pour une femme, plus grande que le père, plus solide aussi, plus charpentée, forte, mais pas grosse, pas molle. Sa mère est forte. Il le dit, lui ; il dit, ta mère, je la respecte, ton père c'est rien, c'est pas un homme, mais ta mère je la respecte.

Les robes des filles, les deux gilets blancs, ce qu'il faut pour Gilles, le chemisier, la jupe, elle ne repasse pas les combinaisons, ni les culottes. Elle va vérifier dans la chambre que tout est prêt pour lui, il est maniaque, surtout pour son linge de corps. Il se lave beaucoup et il parle déjà de faire installer une salle de bains, dès que le tracteur sera payé, dans deux ans. Ils auront aussi la télévision, bientôt ; et le téléphone. Il voit loin, il veut acheter du matériel moderne et améliorer le bâtiment. Elle ne va pas à l'étable, ni au pré, comme elle le faisait chez ses parents. Elle a assez de travail avec les trois enfants petits et la maison, elle est dépassée ; elle a une bonne mais elle est dépassée quand même. Le repassage est fini. Ses affaires à lui sont rangées du côté gauche de l'armoire à glace, il faut que les piles soient nettes, les mouchoirs, les slips, les tricots de corps, les caleçons, les polos. L'armoire est profonde, elle sait que les photos du Maroc sont derrière les polos, dans une enveloppe marron. Il les garde là, il ne s'en sépare pas. Elle n'a pas besoin de les regarder, elle les connaît par cœur. Elle aurait dû demander à Nicole de cirer les chaussures avant de partir. Tant pis, un coup de chiffon suffira ; il gueulera, de toute façon il gueulera, même sans raison. Il gueule tout le temps quand ils s'en vont le dimanche matin, il va s'asseoir dans la voiture, il klaxonne, plusieurs fois, il revient, il tourne en rond dans la cuisine, comme ça, pour rien, elle sent l'odeur de son après-rasage, il repart, il recommence à klaxonner. Les chiens aboient dans la cour et les enfants attendent dans le couloir qu'elle soit prête, elle ne sait plus où est son sac, il ne faut pas oublier les deux saint-nectaires, pour Fridières et pour Soulages ; on n'arrive pas les mains vides, on n'arrive pas sans rien.

Il faut laisser de quoi manger, au chaud sur la cuisinière, pour Félix et le vacher, et le couvert mis sur la table, tout doit être prêt. Elle n'a jamais le temps de s'occuper des poules et des lapins, Félix s'en aperçoit en remontant de l'étable et fait le nécessaire avant d'aller à la laiterie. Le dimanche matin, quand ils partent, il gueule mais il ne cogne pas, il se retient, elle ne sait pas pourquoi et ne cherche plus à comprendre. Elle n'a jamais rien compris, elle s'en rend compte maintenant, quand il est trop tard. Elle pose le chemisier, la jupe, une combinaison, sur la chaise, à côté de la cheminée, sans les ranger puisqu'elle les portera demain pour descendre. Elle ne rentre plus dans sa robe bleue, celle de l'été dernier, avec une ceinture ; même avec la gaine neuve sous la combinaison ; pas la peine d'essayer. Sa mère dira, tu as encore pris, ma pauvre petite.

Il est cinq heures moins dix. Ils remontent de la traite, le vacher et lui. L'âne connaît le chemin et s'arrête devant la porte de la laiterie. L'âne s'appelle Jacquot, tous les ânes s'appellent Jacquot. Les enfants sont contre le mur du jardin, alignés les trois, Gilles au milieu, entre ses sœurs. Ils regardent l'âne, ils s'approcheront ensuite, quand la gerle de lait aura été déchargée, ils grimperont dans la charrette vide, et ils joueront à rester debout en se tenant les uns aux autres tant que l'âne fera demi-tour dans la cour et descendra à l'étable. Félix dételLera la charrette, enverra l'âne au pré, et montera à la grange avec les enfants pour voir les petits chats qui ont huit semaines. Ils sont nés un dimanche, le 16 avril. Ils étaient en bas, ils avaient mangé à Soulages, et le lendemain soir, le lundi, Félix avait dit aux filles et à Gilles, en s'adressant directement à eux, à table, que la chatte noire avait fait des petits, la veille, quatre. Cette chatte noire vient de chez elle, de Fridières, elle a une flamme blanche sous le cou, on l'appelle Sissi. On ne peut pas la caresser, sauf Claire qui est patiente et passe du temps seule à la grange pour guetter Sissi et apprivoiser les deux petits que l'on a gardés. Elle a fait le nécessaire pour les deux autres. Claire dit que Sissi sent le foin et qu'elle ronronne si on la gratte entre les deux oreilles. Les enfants ne tombent jamais et ne se font pas mal, une égratignure par-ci par-là, mais ils sont dégourdis et se débrouillent bien tous les trois, heureusement ; ils s'entendent, ils jouent ; c'est surtout Isabelle qui invente des jeux, elle a de l'idée, Claire et Gilles sont d'accord. Félix est gentil avec eux. Elle ne sait pas que penser du nouveau vacher ; il est jeune, à peine vingt ans, l'âge de ses sœurs, mais il a déjà travaillé dans une ferme et il connaît son affaire, aussi bien pour le fromage que pour la conduite des machines. Il est carré, trapu. Il s'appelle Gérard. On comprend à le voir qu'il ne se laissera pas commander comme un chien. C'est déjà le troisième vacher, les deux autres sont partis parce que le patron leur parlait mal ; ça doit commencer à se savoir dans le pays que le patron de La Bouysse, l'Aurillacois, est infernal. Avec celui-là, il se tient à carreau, pour le moment. Gérard et Nicole se connaissent, les familles sont voisines et ils sont allés à l'école ensemble, mais Nicole n'est pas comme Annie ; elle voit moins bien les choses et ne saurait pas les dire.

La bassine verte devient trop petite pour Isabelle qui passe la première parce qu'elle est l'aînée et se lave toute seule. Elle sort de l'eau, elle lève haut les pieds pour enjamber le rebord et fait le pitre, Claire et Gilles rient. Ils attendent leur tour, assis sur le banc. Ils iront ensemble dans la bassine, pour gagner du temps. Isabelle ne veut pas être essuyée, elle s'échappe et glisse sur le lino mouillé, elle se rattrape en écartant les bras. Il faut se dépêcher de finir le bain, de ranger la bassine, d'éponger par terre, avant le repas du soir. Elle n'aime pas laver les enfants devant les hommes, ni devant lui. Elle préfère être seule avec eux pour la grande toilette du samedi dans la bassine verte ; les autres soirs, on se lave à l'évier. Elle a trouvé l'eau chaude en arrivant, le chauffe-eau était déjà installé, tout neuf, comme chez ses beaux-parents, la même marque. Sa mère et ses sœurs ont dit qu'elle avait de la chance. Il entre dans la cuisine par la porte de la laiterie, il pose cinq œufs sur la table, il parle bas, entre ses dents, mais elle entend et elle sait toutes ses phrases, elle sait comment il tord la bouche ; même ça t'es pas capable de le faire, tu veux les laisser pourrir les œufs, tu préfères les acheter, avec l'argent des autres c'est facile, tu peux pas te baisser pour les ramasser, t'attends que les chiens les mangent. Isabelle s'est figée, elle boutonne son pyjama de travers et ne se retourne pas ; elle non plus ; elle reste penchée sur la bassine, elle continue à savonner les petits qui se raidissent sous le gant. Ils font bloc, les quatre, devant l'évier, entre le banc et la bassine. Elle sent qu'il les regarde, elle attend, les enfants ne bougent pas, il hésite peut-être, il repart à la laiterie. On entend la porte basse se refermer.

Avec l'argent des autres. La moitié de tout est à elle ici, c'est écrit dans le contrat qu'ils ont signé chez le notaire d'Allanche. La moitié de la ferme, de la voiture, des meubles, de tout. Il a beau faire, elle comprend mieux les papiers que lui, même s'il se croit plus malin que tout le monde. Elle s'accroche à sa moitié, elle y pense. Le jour ne finit pas, il sera bientôt huit heures mais les enfants sont ressortis, en pyjama, elle n'a pas pu les en empêcher, ils sont mieux dehors, ils vont se salir à nouveau, au moins les pieds, tant pis. Elle les appellera au moment de manger.

Les hirondelles traversent le ciel, elles ont plusieurs nids dans la grange et leurs petits se lancent déjà pour apprendre à voler. Elle met le couvert, il est assis à sa place, elle le contourne. Il lit le journal, il dit que les Juifs et les Arabes se font la guerre à Jérusalem, que les Juifs ont gagné, forcément ; il parle avec sa voix normale, sa voix pour les gens ; elle ne lui répond pas, elle ne lit pas les mêmes pages que lui dans le journal et aujourd'hui, elle ne l'a pas ouvert, elle n'a pas eu le temps. Après le repas, il faudra débarrasser, laver la vaisselle, la ranger, balayer, elle ne l'a pas fait à midi et ça se voit. Elle n'a pas non plus trié le linge sale des enfants, elle l'a rassemblé en tas et fourré en vitesse dans le débarras avec la bassine verte et les serviettes mouillées qu'il aurait fallu étendre au jardin, en cette saison elles auraient eu le temps de sécher avant la nuit. Pour le repas des hommes, demain, elle ouvrira une boîte de cassoulet et la laissera chauffer sur le coin de la cuisinière. Elle garde toujours une ou deux boîtes en réserve dans le fond du buffet ; lui n'en mangerait pas mais eux ne sont pas difficiles. Avec les charcuteries en entrée, le pain, le fromage, et ce qui reste du quatre-quarts d'hier, ça ira, ils auront ce qu'il faut. Dans une ferme les employés doivent avoir ce qu'il faut à table, sinon ils ne restent pas, surtout si le patron est pénible. C'est vrai pour les vachers, moins pour les commis comme Félix qui se fixent quelque part et n'en bougent plus. Elle aime bien penser à ça, aux employés, aux façons de vivre qu'elle connaît, elle s'en fiche des Juifs et des Arabes à Jérusalem, elle n'y comprendrait rien, ça la dépasse ; et d'ailleurs lui non plus n'y comprend rien. Elle se sent patronne d'une belle ferme, quand même. Félix est là, il s'assied. Il fait bon dans la cour, les chiens sont couchés devant les clapiers, elle appelle les enfants. Ils étaient dans le coin du jardin, ils arrivent, ils rentrent en silence. Elle sait que les enfants ont peur.

C'est le dimanche matin. La porte de la maison s'est refermée derrière lui et son pas a glissé sur la pierre du seuil, elle connaît chaque bruit ; Félix et le vacher sont descendus de la chambre des hommes, où dorment les deux ouvriers, juste au-dessus de la leur. La maison est tranquille, il ne remontera pas, jamais encore il n'est remonté le matin. Elle pourrait se rendormir pour une petite heure mais il ne faut pas, elle a trop à faire. Les draps ne sentent pas bon, ils sont tachés, elle le sait, il faudrait les changer plus souvent. Elle pense à Belle, une chienne que ses parents ont gardée longtemps, après la guerre ; à la fin Belle avait plus de quinze ans, elle a eu une tumeur, son ventre s'est mis à enfler et elle ne sortait plus de sa niche. Elle est comme la chienne, son ventre est répandu dans le lit, elle va avoir ses règles, elle le sent. Elle pense à Belle et à une femme du bourg, la Marissou, elle n'a jamais su son nom, qui était divorcée. La Marissou allait en journée dans les fermes, mais pas dans toutes les maisons ; sa belle-mère ne la prenait pas parce que ces femmes-là, ça vous détraque les hommes, ça ne sait pas garder le sien et ça détraque celui des autres. Elle entend encore les mots de sa belle-mère, et ceux de sa mère qui racontait que la Marissou, depuis le divorce, ne venait plus à la messe ; elle rase les murs, disait sa mère, comme ses deux fils. L'ancien mari de la Marissou s'était remis en ménage avec une autre femme et vivait à Clermont. Les fils de la Marissou étaient deux gamins maigres et noirauds, des jumeaux, Alain et Daniel, qui avaient à peu près l'âge de ses sœurs et allaient à l'école avec elles ; ils se battaient dans la cour, le maître les punissait, ils étaient durs et sauvages. La Marissou et ses fils habitaient une petite maison croulante, couverte en tôle, derrière l'église. Quand elle avait seize ou dix-sept ans, elle ne faisait pas tellement attention à ces histoires. Elle ne sait pas ce que sont devenus Alain et Daniel, rien de bien fameux sans doute. Elle reste couchée dans le lit, c'est juin, il fait jour, un jour rose et frais qu'elle devine derrière les volets. Si elle étendait son bras droit, elle toucherait la porte du placard. Le fond de la chambre est tapissé de placards immenses, six portes hautes et moulurées, en chêne ciré ; c'est une grande chambre, avec une cheminée et deux fenêtres, une qui donne sur la cour, l'autre sur le pré et la Santoire. Si on était des gens normaux, comme tout le monde, on aurait une salle à manger, là, dans cette belle pièce. Derrière la porte du placard, à la tête du lit, de son côté, elle a rangé sa robe de mariée, et toutes les lettres du Maroc, dans une boîte en carton blanc ; ses lettres à lui ; les siennes, celles qu'elle lui a envoyées pendant les vingt-sept mois du service, sont perdues.

Des pensées la traversent dans le lit le matin et la clouent dans les draps sales, surtout le dimanche quand la bonne n'est pas là ; elle est seule pour tout faire, ils doivent descendre, il faut se lever, elle ne sait pas par quoi commencer, elle a mal au ventre. Elle était si mince quand elle s'est mariée, presque menue ; à chaque essayage, la couturière lui répétait, il faut arrêter de maigrir maintenant, il faut arrêter, les mensurations ne sont plus justes. Si elle avait su, comment il faut devenir. La robe est là, derrière la porte du placard, elle devrait la jeter, et les lettres aussi, pourquoi on garde ces reliques. Il a fait son service au Maroc, à Casablanca, elle se souvient de son adresse à la caserne. Il était jardinier du colonel, et un peu chauffeur, il conduisait la voiture, une traction, on la voit sur les photos. Il était fier de ça, il l'écrivait ; même s'il n'était pas son chauffeur officiel, le colonel avait confiance en lui. Il s'occupait aussi du chien du colonel, un grand chien noir et frisé, haut sur pattes, qui avait l'air de sortir de chez le coiffeur et ne ressemblait pas aux chiens à vaches de par ici. Il est photographié plusieurs fois avec ce chien qui s'appelait Popof, elle se souvient que ses sœurs riaient de ce nom. Son frère aîné n'a pas fait le service et lui n'est pas allé en Algérie, comme les autres garçons de son âge, Marcel, René, Michel, François, Louis, Paul. Les prénoms lui reviennent, et des visages, surtout celui de Paul qui a été tué là-bas. Les dates sont sur sa tombe, la première tout de suite à gauche en entrant dans le cimetière, elle les relit à la Toussaint, chaque année ; 22 avril 1937 – 21 novembre 1958. La famille a mis une photo, comme on fait maintenant, une petite photo ovale où Paul porte une moustache fine qui le vieillit. Paul n'aura pas eu trente ans. Personne n'est mort au Maroc. Elle a déjà pensé plusieurs fois à ce que serait sa vie, à elle, si lui, Pierre, était parti en Algérie comme les autres et n'en était pas revenu. Sa vie serait meilleure, normale, pas foutue avec la peur au ventre tout le temps.

Le coq chante dans la cour. Félix ouvre la porte du poulailler avant de descendre à l'étable et, en cette saison, les volailles sortent tôt, dès qu'il fait jour. Le pays est vert, l'herbe pousse, tout est tellement jeune que, le matin surtout, et davantage encore le dimanche, ça lui donne une sorte de tournis, un vertige. Elle ne trouve pas tout à fait les mots. C'est comme si tout le monde était invité à une fête, sauf elle qui resterait à part, avec ses enfants petits serrés autour de ses jambes, les trois. Elle a toujours voulu avoir des enfants. Ses enfants sont toute sa vie mais ils ne resteront pas petits, ils grandissent déjà. Il dit que, quand les filles seront grandes, elles resteront avec lui parce qu'il aura de l'argent pour leur acheter des robes. Elle se lève, elle passe sur sa chemise de nuit sa blouse de la veille qui est restée au pied du lit, elle respire son odeur chaude, elle sent mauvais, il a raison, elle pue. Dans la cuisine elle fait les gestes, allumer le gaz sous la bouilloire, couper les tranches de pain et de fromage, tremper la soupe du matin. Le fromage la dégoûte, elle n'en mange jamais, il ne veut pas le comprendre et il le lui reproche ; elle fait des manières, elle a été élevée comme une princesse sans doute, on sait d'où elle sort pourtant, c'est pas la peine de prendre ses grands airs. Elle boit le café, sans sucre, debout devant la fenêtre de l'évier. Elle ne mange pas le matin, elle évite les tartines de beurre et de confiture mais elle grossit même sans manger et tout son corps est devenu mou alors que lui reste sec, maigre et dur. Il n'est jamais fatigué. Les hommes ont de la chance, ils ont moins d'ennuis que les femmes avec le corps. Elle est nue devant l'évier, il le faut pour la toilette ; elle se dépêche, elle passe le gant sous ses bras, entre ses seins, entre ses cuisses, elle frotte fort, elle rince, elle n'essuie pas. Le miroir rectangulaire qu'il utilise pour se raser est resté accroché à la poignée de la fenêtre, elle voit un morceau de ses seins, les plis sur son ventre, c'est de la viande, elle pense au mot mamelle, elle ne peut pas s'en empêcher ; il dit ces mots, lui. Elle n'a pas allaité ses enfants, aucun des trois, la montée de lait ne se faisait pas, elle avait des abcès.

Heureusement ils ont bien pris le biberon. Ils ont été faciles à nourrir.

Elle s'habillera plus tard, elle ramassera ça dans la gaine qui serre bien et tient tout. La chemise de nuit, la blouse par-dessus, et elle sort jeter dans la cour, derrière le mur du jardin, le bouquet de marguerites que les filles ont cueilli avec Nicole en allant chercher des pissenlits pour les lapins dans le pré. Il est fané depuis plusieurs jours mais elle l'avait oublié sur la table dans le couloir et a senti l'odeur de l'eau croupie en sortant de la chambre. Elle ne peut pas voir les marguerites, qui éclatent partout en ce moment au bord des routes et des chemins, sans penser à la comptine de son enfance, *pas du tout un peu beaucoup à la folie passionnément*, on chantait ça entre filles et on riait plus haut avec un pincement au cœur quand arrivait le dernier pétale de la marguerite, *pas du tout un peu beaucoup à la folie passionnément*; elle préférait tomber sur *à la folie* et se moquait de sa meilleure amie, Thérèse, qui n'avait pas de chance et se retrouvait toujours avec *pas du tout* ou *un peu*. Thérèse est mariée, elle a deux fils, elle est partie vivre dans la banlieue de Lyon avec son mari qui n'a pas voulu rester à la ferme chez ses beaux-parents ; il paraît que Thérèse travaille dans un bureau. Elle sait par sa mère et ses sœurs ce que deviennent les uns et les autres, qui est marié avec qui, qui a des enfants et combien, des filles ou des garçons. Beaucoup ne sont plus paysans. On ne se voit pas ; quand ils descendent le dimanche, à Fridières ou à Soulages, ils ne sortent pas des familles. On se croise en vitesse au cimetière à la Toussaint ou pour les enterrements. On n'a pas le temps de parler, on s'embrasse, on se trouve changé. Elle préfère que Thérèse et Simone, une cousine un peu plus jeune qui les suivait partout, ne la voient pas comme elle est devenue maintenant. Elle aurait voulu aller chez le coiffeur mais ça coûte cher et il crie toujours pour l'argent ; elle est fatiguée de demander, de supplier ; elle essaie de mettre un peu de côté en grattant sur ce qu'il donne chaque mercredi pour les courses. Il ne va jamais dans les chambres des enfants et elle a une cachette sous le matelas du petit lit de Gilles. Le mercredi, quand il rentre du marché d'Égliseneuve où il a vendu les fromages, il laisse l'argent de la semaine sur le bord du buffet. Il rapporte beaucoup d'argent et il le dit. On voit qu'il est content. Claire va chercher dans l'armoire la cassette grise qu'il avait déjà à Soulages ; elle la pose à côté de lui sur la table de la cuisine, il l'ouvre, l'intérieur de la cassette est rouge et il range les billets, un par un, lentement, il prend son temps. Ensuite, avant la sieste, il va lui-même dans la chambre remettre la cassette pleine à sa place dans l'armoire, de son côté, à gauche de la pile des mouchoirs. Le livret de famille est aussi dans cette cassette, tout au fond, sous les billets.

Elle entre dans la chambre des filles. Isabelle et Claire sont réveillées. Le matin, elles ne descendent pas seules à la cuisine, elles attendent dans le lit que leur mère ou Nicole vienne les chercher. Elle sait que les filles préféraient Annie, qui n'avait pas de lunettes, sentait la savonnette rose quand elle se penchait vers elles et portait ses cheveux longs attachés haut sur le crâne avec une barrette bleue, en queue-de-cheval. Elle n'aime pas le nom de cette coiffure mais elle avait laissé Annie montrer à Isabelle et à Claire comment elle s'y prenait pour que les cheveux soient tous si bien rangés sur sa tête, lisses et tirés. Annie savait faire les nattes aussi, et les couettes, comme les tantes de Fridières, mais les nattes et les couettes ne sont pas des coiffures valables pour travailler dans une maison et elle n'avait pas eu besoin de le dire à Annie. Pour le mariage de sa sœur aînée, Annie avait porté un chignon; elle avait raconté le mariage, et même, une fois, fin août, l'année dernière, elle avait montré des photos. Elles avaient passé un bon moment, les quatre, à regarder les robes; c'était un mercredi matin, il venait de partir au marché et on était tranquille, on pouvait prendre son temps. Annie expliquait qui était qui, et pointait du doigt son fiancé, un grand jeune homme maigre, ses parents, son frère. Gilles dormait encore un peu le matin, il était dans la chambre. Claire avait quatre ans et battait des mains. Isabelle, qui avait eu du mal à reconnaître Annie sur les photos, surtout à cause des gants blancs et des chaussures à talons, répétait qu'elle était une vraie princesse, une vraie princesse. La semaine suivante, Annie avait apporté les gants blancs pour les montrer aux filles, qui avaient eu le droit de les essayer. Elle aurait pu être jalouse d'Annie que les enfants adoraient et qui avait aussi tout ce qu'il fallait pour rendre un homme fou. Mais il n'avait pas regardé Annie, elle ne savait pas au juste pourquoi, peut-être parce qu'Annie avait largement dix ans de moins que lui et savait se tenir, ça se voyait sur elle, ça ne s'expliquait pas et il avait dû le sentir. Annie était tout le contraire de cette femme brune en maillot de bain ou en robe décolletée à bretelles que l'on voyait collée à lui sur les photos du Maroc.

Il faut coiffer les filles. Isabelle se débrouille toute seule avec ses cheveux frisés, elle ne veut pas que sa mère y touche, elle se peigne avec les doigts et n'aime pas quand on la complimente comme le font parfois les gens à l'épicerie du bourg, à la boulangerie, ou à la sortie de la messe. Ils s'étonnent, les femmes surtout, et disent, oh le joli petit mouton, en croyant faire plaisir. Isabelle ne répond rien mais elle se détourne en pointant le menton et, à la ferme, au printemps ou l'été, si elle se trouve dans la cour quand quelqu'un arrive à l'improviste, dès que les chiens aboient, elle grimpe dans l'érable et attend que la cour soit vide et la voie libre pour redescendre. Claire a des boucles qu'il faut démêler, d'abord avec la brosse et ensuite avec le peigne, si on veut que ce soit joli ; ça n'est pas une mince affaire, ça demande un temps fou et il faudrait une patience qu'elle n'a pas, qu'elle n'a plus, surtout ce matin où elle n'aura pas une minute de répit avant de s'asseoir dans la voiture, enfin, sur le coup de dix heures et demie. Il conduira vite, alors qu'ils ne seront pas en retard. Il aime appuyer sur le champignon, c'est son expression, mais elle croit qu'il aime surtout sentir qu'elle a peur à côté de lui et n'ose pas le dire, lui demander de se calmer, parce que les trois enfants sont derrière, et qu'il n'est pas tout seul, et que c'est de la folie de couper les tournants comme ça, et que ça finira mal, forcément, ça finira mal, on sait comment ; on croirait qu'il le cherche, qu'il le fait exprès ; et en plus il bousillera l'Ami 6 ; il aura tout gagné. Elle ne conduit jamais quand il est dans la voiture, mais elle aime descendre au bourg pour la messe ou les courses, seule ou avec les enfants si elle ne peut pas les laisser à la maison. Ici, les autres femmes de paysans ne conduisent pas encore et elle se sent fière. Elle a déjà pensé aussi, une fois où il n'arrêtait plus de cogner, pire encore que d'habitude, dans le ventre, les jambes, le dos, il appelle ça une rouste, ou une dérouillée, elle était par terre, en chien de fusil, elle a déjà pensé, quand il a été parti, quand elle s'est relevée, qu'elle devrait réveiller les enfants là maintenant tout de suite, les fourrer dans la voiture, les trois, prendre les clefs dans le tiroir du buffet, et se sauver, en pleine nuit, ne plus revenir.

Il ne boit pas. Il ne peut pas avoir que des défauts. Ils ne boivent pas dans cette famille, sauf son grand-père paternel qui était un brave homme et levait peut-être un peu le coude, mais ça restait raisonnable et ne sortait pas de la maison. La boisson, sa mère le lui a toujours dit, c'est pire que tout, c'est la misère assurée, ça vous démolit les gens et on ne peut rien contre un poivrot. Les cheveux de Claire sont à peu près démêlés, elle lui mettra son bandeau blanc, assorti au gilet, tout à l'heure, au moment de s'habiller pour partir. Les trois enfants prendront le petit déjeuner en pyjama, pour ne pas salir les vêtements qu'elle a préparés. Les boucles de Claire dépassent toujours sous le bandeau mais c'est bien quand même, le front reste assez dégagé et ses cheveux ne lui tombent pas dans les yeux. Les trois enfants ont le même front, les deux filles surtout, un front haut et bombé, qui vient de chez elle, du côté de sa mère. Gilles est celui des trois qui lui ressemble le plus, tout le monde le dit. Elle est allée le chercher dans la petite chambre, il était assis dans son lit, il a tendu les bras, elle l'a pris contre elle et l'a gardé un peu. Il est encore à elle, il enfonce son nez dans son cou, et il attend. Ils se taisent. Ensuite elle s'assied sur la chaise basse, lui met ses pantoufles, il se laisse faire, ses pieds sont bien chauds et doux, et ils sortent de la chambre. Elle le tient par la main, ils traversent le couloir, ils entrent dans la cuisine où les trois hommes mangent à un bout de la table, Isabelle et Claire à l'autre. Avant d'aller chercher Gilles, elle s'est occupée du petit déjeuner des filles qui savent s'installer seules à leur place, elle a versé le chocolat chaud dans les bols, Isabelle a beurré les tartines. Le nouveau vacher parle, il dit que le fils Combes, de Marmiers, a eu un accident avec le tracteur, il a basculé dans une côte, il est resté coincé sous la roue arrière, on n'a pas pu le dégager à temps. Le vacher ira à l'enterrement qui aura lieu dans la semaine, on ne sait pas encore quand, ils avaient le même âge, et le fils Combes faisait la ferme avec ses parents. Elle ne voit pas bien où est Marmiers dans la commune mais elle a repéré cette femme, Mme Combes, qui est rousse et a trois filles rousses aussi, de grandes jeunes filles de quinze ou seize ans ; à l'église on les remarque. Elle pense que c'est du vrai malheur et qu'elle ne supporterait pas la mort d'un enfant. Tout mais pas ça. Il dit, lui, qu'on n'a pas fini d'en voir, maintenant, des accidents avec les tracteurs, les gens ne savent pas conduire et ça ne fait que commencer. Félix ne dit rien.

Ils sont dans la voiture. L'odeur mentholée de son après-rasage lui soulève le cœur. Elle a un gros bleu sur le mollet gauche, les autres sont cachés sous la jupe qui lui serre le ventre. Elle vérifie qu'elle n'a pas oublié son peigne et la petite trousse de maquillage. Elle utilisera le miroir rond du poudrier pour arranger ses cheveux et mettre un peu de rouge à lèvres. Elle le fera plus tard, quand ils ressortiront de l'autre côté du tunnel du Lioran ; la route tourne moins et c'est plus facile pour se regarder dans le miroir. Il parle, il raconte que les Combes, de Marmiers, ceux dont le fils a été tué dans cet accident, viennent de se mettre au saint-nectaire eux aussi, depuis le printemps. Il faudra qu'elle aille à l'enterrement, il faut que quelqu'un de la maison y soit. Il a croisé le père deux ou trois fois au marché à Égliseneuve, il voit qui c'est, un petit homme costaud qui doit avoir la quarantaine bien tassée et le connaît aussi. Le mercredi, sa fille, une gamine rouquine, vient avec lui au marché ; elle est dégourdie et l'aide à décharger les fromages. Elle répond que ces gens ont au moins trois filles, qu'elle les a déjà vues à la messe avec leur mère. Elle entend sa voix et ne la reconnaît pas tout à fait, comme si ça n'était pas la sienne, comme si elle jouait un rôle. Leur vie serait normale, ils auraient une conversation normale. Il est comme ça ; souvent, juste après les pires moments, deux heures plus tard, le soir même ou le lendemain matin, on dirait que rien ne s'est passé, qu'il a tout oublié, que ça n'a pas pu avoir lieu, et il lui demande si elle va faire la gueule encore longtemps. Il a l'air presque étonné qu'elle ne lui réponde pas. Ses règles ont commencé ; heureusement elle s'en est aperçue avant de partir et a pu s'équiper pour le voyage. Elle préfère ne pas imaginer ce qui arriverait si elle salissait le siège de l'Ami 6. Une fois, Claire, qui est souvent malade en voiture, a vomi sur la banquette arrière, il ne s'était pas arrêté assez tôt et Claire n'avait pas pu se retenir, il y en avait partout, et elle a vu arriver le moment où il allait s'énerver et cogner. Claire s'était mise à pleurer, Gilles aussi, Isabelle regardait tout et son menton tremblait. Ils étaient plantés sur le bord de la route, des voitures passaient, ralentissaient. Elle avait senti qu'elle ne pouvait rien pour ses enfants.

Elle connaît chaque tournant, même si elle n'a encore jamais conduit seule jusqu'à Aurillac. Elle ne regarde plus vraiment ce qu'elle voit, des maisons, des granges, des étables, le foin déjà haut dans les prés, les vaches, des vaches, encore des vaches, et partout des fleurs dont elle ne sait pas le nom ou des marguerites éclatantes. Elle est séparée de la joie du printemps ; elle s'en souvient, ça n'est pas si loin, 1957, 1958, dix ans à peine, mais elle est comme fendue en deux. Ils se sont mariés un 30 décembre, et elle pense souvent qu'elle est entrée, en se mariant avec lui, dans une sorte d'hiver qui ne finira pas. Toujours elle a vu des vaches, des prés, des fermes, c'est son monde et elle n'en a pas rêvé d'autre. Lui, peut-être, aurait pu vivre ailleurs ; il aurait pu rester au Maroc après le service, avec la femme des photos, trouver une place dans l'armée, faire sa vie là-bas au bord de la mer en maillot de bain. Elle sait qu'il avait appris à nager. Ses lettres ne disaient pas grand-chose mais on comprenait qu'il se plaisait dans ce pays avec ses copains de régiment, même s'il faisait trop chaud. Il ne se plaignait que de ça, de la chaleur que l'on ne pouvait pas imaginer quand on vivait dans le Cantal. La cuisine de sa mère lui manquait aussi, le pot-au-feu, le pâté de pommes de terre, les tartes, surtout les tartes du dimanche. Il écrivait que jamais personne ne ferait la tarte aux pruneaux comme sa mère. En vingt-sept mois, il n'était pas revenu une seule fois en permission, il disait que c'était trop loin, que le voyage serait trop long. Elle avait mieux compris ensuite quand elle avait trouvé dans ses affaires les photos de la femme collée contre lui. Il avait pris certaines habitudes avec une femme comme celle-là qui avait l'air un peu plus vieille que lui. Elle aurait dû se méfier. Elle était naïve, elle lisait des romans-photos où tout finit toujours par s'arranger. Elle s'ennuyait un peu, elle attendait, comme les autres filles de son âge, que son fiancé ait fini le service. La vie était douce à Fridières avec ses parents, ses sœurs, les deux grands-mères qui étaient gentilles mais dont il fallait s'occuper parce qu'elles n'avaient plus toute leur tête. Le père était revenu de captivité avec une maladie de l'estomac et n'était pas costaud non plus.

On travaillait, on faisait ce qu'il y avait à faire, chacun à sa place.

Les frênes ont enfin mis la feuille. Tout est si tardif dans ce pays, à mille mètres d'altitude, mais quand ça démarre vraiment, fin mai, début juin, c'est violent, comme s'il fallait rattraper le temps. Elle attache sa montre à son poignet, c'est la montre de ses vingt ans et elle y tient. Dans la famille on ne fête pas vraiment les anniversaires mais on offre une montre aux filles pour leurs vingt ans. Elle la laisse dans la pochette intérieure de son sac à main et ne la porte que pour aller à la messe ou quand ils descendent ; comme ça, elle est certaine de ne pas l'abîmer et de ne pas l'oublier ; sa mère, qui a encore la sienne, le remarquerait tout de suite. C'est une jolie montre, discrète et féminine. Même son poignet s'est épaissi et elle peine à fermer le bracelet. Il parle, elle lui répond. On n'entend pas les enfants qui, peut-être, aujourd'hui, ne seront pas malades. On n'aura pas besoin de s'arrêter. Il est un peu plus de onze heures et elle pense à la sortie de la messe. Quand elle a le courage, maintenant que Gilles est assez grand, elle descend à la messe à Saint-Saturnin. Ils se tiennent comme il faut, Gilles et Claire à sa droite, Isabelle à sa gauche. Elle aime bien ce moment, on voit les gens et les gens vous voient. Elle arrive et repart en conduisant sa voiture. On sait qui elle est. Elle ne prie pas vraiment, elle ne prie plus, elle récite les formules de la messe et fait les gestes. Elle commence à connaître du monde, la personne qui joue de l'harmonium, les dames qui chantent, la secrétaire de mairie, ou Mme Cornet qui tient la cantine et lui dit qu'Isabelle a bon appétit, elle mange de tout et elle saute comme un cabri dans la cour de l'école, elle fait plaisir à voir. Elle est fière quand Mme Cornet lui parle d'Isabelle qui, à l'automne prochain, ira sur ses sept ans et commencera le catéchisme. Il la laisse aller à la messe en voiture avec les trois enfants ; il dit qu'il faut se montrer pour faire son trou dans ce pays et elle sait qu'il a raison. Ils pourraient avoir une bonne vie dans cette ferme, si les choses n'étaient pas comme elles sont, les choses que les gens ne savent pas et ne doivent pas savoir. Elle ne peut pas faire comme si ça n'existait pas. Elle ne sait pas pourquoi et ne cherche pas à comprendre, mais, dans la voiture, le dimanche matin, quand ils descendent, elle rumine sa vie, les sept dernières années, depuis le mariage. Elle est comme une vache lourde, une vieille vache fatiguée, son père dirait fourbue, une vache fourbue ; elle rumine et elle attend.

Ils viennent de passer le tunnel du Lioran. Elle applique le rouge à lèvres mais renonce au coup de peigne. Elle a mal au cœur, elle est gênée par le mélange des odeurs, l'après-rasage et les deux saint-nectaires qui sont dans le coffre. Elle a un flair terrible pour le fromage et Gilles est comme elle, il n'aime pas ça. Sa belle-mère n'a pas réussi à lui en faire avaler même un tout petit bout, la dernière fois qu'ils sont descendus à Soulages, fin avril, et en a déduit qu'il était bien mignard et empoté pour un fils et un petit-fils de paysan ; il faudrait peut-être le chouchouter un peu moins si on voulait qu'il devienne un homme capable de mener une ferme plus tard. Elle n'a rien répondu, parce qu'elle n'était pas chez elle et qu'elle n'a jamais été à l'aise avec sa belle-mère, mais elle a senti que ça n'était pas tombé dans l'oreille d'un sourd. Fabrique de pauvre type ; il a déjà gueulé ça plusieurs fois ; au début elle n'a pas compris, et ensuite elle a pensé aux paroles de sa belle-mère. Elle ne sait pas comment on peut inventer, et dire, et vomir des choses pareilles, aussi sauvages, aussi dures. Fabrique de pauvre type, pauvre type, un enfant de quatre ans, son propre fils ; elle tourne et retourne les mots qui font autant de dégâts que les coups, peut-être même davantage parce qu'ils ne la lâchent pas et lui tombent dessus au moment où elle s'y attend le moins, quand elle pourrait être à peu près tranquille et penser à autre chose, pendant la messe par exemple ou quand elle fait les courses à l'épicerie. L'épicière, Mme Flagel, est une grande femme qui lui rappelle un peu sa mère et lui plaît bien ; elle connaît son monde et refuse de vendre du vin aux poivrots du coin. Quand, il y a deux ou trois semaines, Mme Flagel a dit devant elle qu'elle ne mangeait pas de ce pain-là et pouvait encore se permettre de ne pas gagner d'argent sur la misère des pauvres types, elle a eu mal au ventre et a pensé à son fils, à Gilles, quatre ans.

Ils approchent de Fridières. Elle reconnaît les endroits de leur jeunesse et lui aussi. Là, ils allaient au bal, à plusieurs, avec les autres jeunes de la commune, à pied, à vélo, ou en voiture, la première voiture du coin, la Juva 4 du père que son frère conduisait. Là, il a eu un accident, en deux-chevaux, juste avant de partir au service, ils étaient déjà fiancés, il s'en était sorti sans une égratignure, il avait seulement cassé ses lunettes. Il fait des commentaires, il compare avec la vallée de la Santoire, dans le pays haut où ils ont acheté la ferme. Ici, la saison est plus avancée, toujours. Le foin est presque prêt, les jardins sont beaux. Ils savent à qui appartiennent les maisons, les terres et les bêtes. Il est un peu plus de midi quand ils traversent le bourg ; ils ne s'arrêtent pas, elle préfère, elle n'a pas envie de croiser des gens, de parler. Elle est pressée d'arriver, maintenant ; elle voit bien que Claire n'a pas bonne mine et serre les dents. Il passe par la petite route de la Merly, sa mère à lui sort de ce coin et ses parents y ont gardé quelques prés pentus perdus au milieu des bois. Elle ferme les yeux. Elle pense à la première fois où il s'est vraiment déchaîné, quinze jours après le mariage, exactement, dans la nuit du samedi au dimanche. Elle s'est sauvée, elle est partie, en passant dans le couloir elle a attrapé une paire de bottes et un vieux manteau de sa belle-mère et elle est sortie par la porte de derrière. Il ne l'a pas suivie. Personne n'a bougé dans la maison. Elle a couru sur la petite route de la Merly, elle avait mal partout, elle s'est jetée dans le bois, elle s'est roulée en boule au pied d'un arbre, elle ne sentait pas le froid. Elle se souvient de tout. Il n'aurait pas fallu revenir. Elle aurait dû aller jusque chez ses parents, comme ça, dans cet état, en bottes et sans rien sous le vieux manteau ; ils ne l'auraient pas laissée dehors, ils auraient su quoi faire. Elle n'y avait même pas pensé. Elle a retourné ça cent et mille fois dans sa tête depuis toutes ces années. Elle ne sait pas pourquoi elle est revenue. Elle ne se comprend pas.

Ils sont arrivés. Ses sœurs guettaient la voiture, elles ont ouvert les portes et ont empoigné les petits. Isabelle bondit. Ses sœurs sont joyeuses, elles sont jeunes et sentent bon. Comme chaque fois, elle trouve son père fatigué, mais il a l'air content. Elle sait qu'il se fait du souci pour elle depuis qu'ils sont partis là-haut, si loin. Gilles passe de bras en bras, il rit. Isabelle est déjà dans la maison, elle va et vient. Claire reste un peu en arrière, elle est toujours sonnée quand elle descend de la voiture mais elle n'a pas vomi. Sa mère s'avance et réclame Gilles, on le lui donne, elle le serre et le repose ; il s'échappe et court vers son pépé. Maintenant que la mamie et la mémé sont mortes, sa mère a moins de travail à la maison, surtout qu'elle est bien secondée ; les filles sont encore là, avec eux, ça ne durera pas et il faut en profiter, il faut battre les fers tant qu'ils sont chauds ; sa mère emploie cette expression. Elle s'est lancée dans l'élevage de volailles, en grand, pas seulement des poules ou des canards, on a aussi des pintades, des dindes, on aura peut-être même des oies. Ses futurs gendres, les fiancés des filles, ont donné un bon coup de main au papa, elle appelle comme ça son mari depuis toujours, pour consolider et agrandir le vieux poulailler. Sa mère la prend par le bras, elle lui montrera après manger, comme c'est bien fait. Elle parle, elle parle ; elle avait cette idée depuis un moment et elle a fini par se lancer. Elle a su que le meilleur volailler d'Aurillac cherchait de la très bonne marchandise, il a la clientèle, les gens ont de plus en plus d'argent en ville. Ils ont fait affaire, elle a un contrat. La table est mise dans la petite salle à manger où ils seront plus à l'aise, tous, que dans la cuisine. Onze personnes, en comptant les enfants, c'est une sacrée fournée. Les fiancés de ses sœurs vont arriver, ils ne sont pas paysans, ils travaillent à Aurillac, dans une usine et dans un magasin. Elle les a déjà vus une ou deux fois, ils se connaissent bien et viennent du même patelin, à quinze kilomètres, où ses sœurs iront habiter quand elles seront mariées. Elle se rend compte qu'elle a un peu plus de mal à suivre chaque fois et à s'y retrouver ; la vie change et Fridières n'est plus le hameau qu'elle a connu.

Il est assis à l'autre bout de la pièce, du côté des hommes, coincé entre les fiancés et son père. Il ne dit rien et mange de petits morceaux de terrine qu'il écrase avec la pointe de son couteau sur une tranche de pain. Il fait une sorte de tartine et elle n'aime pas ces manières de table. La terrine de porc de sa mère est une merveille, elle lui a donné la recette et la sienne est presque à la hauteur mais pas tout à fait encore. Sa mère aime cuisiner, nourrir, régaler son monde, et lui a tout appris avant son mariage. Elle répétait qu'une femme tient une maison par la table et son mari par le ventre. Maintenant cette phrase lui fait honte et, dès qu'elle y pense, elle secoue la tête pour la chasser comme l'âne Jacquot quand des mouches viennent se poser au bord de ses paupières et lui sucer les yeux. Elle ne supporte pas davantage le mot divorcée ou l'idée de vendre la ferme. Divorcer et vendre la ferme, c'est la même chose. Elle est assise à table, bien tranquille, dans la salle à manger, chez ses parents ; ses sœurs et sa mère s'occupent de tout, et même des enfants, c'est chaque fois pareil, au moins au début du repas, elle se laisse faire, elle flotte, et pense à ces mots impossibles qui ne se séparent pas, divorcer et vendre la ferme. Divorcer, comme la Marissou ; devenir une

Marissou ; et ses enfants, les trois, des enfants de Marissou ; passe encore pour les filles, les filles finissent par se marier ; maintenant, de plus en plus, elles peuvent même se faire une situation si elles travaillent bien à l'école ; mais Gilles. Elle se voit finir avec lui dans une maison croulante. Sa mère et ses sœurs ne peuvent pas imaginer à quoi elle pense, le papa non plus qui se penche vers son petit-fils, assis à côté de lui, et lui parle dans l'oreille. Il a un faible pour Gilles, tout le monde le sait, sans doute parce qu'il est le seul garçon dans toute cette famille de femmes. Elle a déjà pensé que Gilles lui rappelait peut-être André dont personne ne parle et qui est né dans cette maison, y a vécu, y est probablement mort. Tout, mais pas ça. Elle se secoue, se lève et rejoint sa mère devant le fourneau. Le coq au vin est prêt, la sauce est parfaite, sa mère vient de la goûter, elle triomphe.

Sa mère ne vieillit pas, elle a cinquante-trois ans et en paraît dix de moins. Au point où elle en est, elle, maintenant, à trente ans, on pourrait presque les prendre pour deux sœurs ou deux cousines, mais l'occasion ne se présente pas puisqu'elles ne vont plus jamais nulle part ensemble. Elle en arrive à redouter les mariages de ses sœurs, les dates ne sont pas encore fixées, ça sera pour l'année prochaine, certainement, en mai, juin, ou septembre, à la bonne saison pour des mariages ; on retrouvera toute la famille, les tantes, les oncles, cousines, cousins, des deux côtés, ils sont nombreux, on fera des comparaisons, comme toujours. Il reprend du coq au vin, tout le monde se ressert, les fiancés aussi qui ont un bon coup de fourchette. Il garde un fond de sauce dans son assiette pour mélanger avec la salade et le fromage, elle connaît toutes ses manies. Elle tourne le dos à la fenêtre qui donne sur le pré, le Résonnet, encore des prés et les bâtiments de Soulages, juste en face, la maison, les deux étables, les granges. En suivant le chemin qui enjambe le ruisseau, on y est tout de suite, en moins d'un quart d'heure ; lui ne marche jamais, il partira seul avant le dessert, en voiture, par la route. Il arrivera chez ses parents pour le café et la tarte aux pruneaux. Quand il fait beau, comme aujourd'hui, elle peut rester tranquille toute l'après-midi à Fridières avec les enfants et ne monter à Soulages que vers cinq heures pour le goûter. Ses sœurs les accompagnent, le chemin est bordé de frênes et de noisetiers, Gilles a du mal à quitter son pépé et il faut le porter pour qu'il ne pleure pas. On a toujours dit monter à Soulages ou, dans le sens inverse, descendre à Fridières, alors que le chemin est presque plat. À Soulages, ses sœurs disent bonjour en vitesse et s'éclipsent tout de suite, les deux familles se connaissent trop et ne se fréquentent pas. Elle n'aime pas ce moment où ses sœurs s'en vont ; elle a les jambes coupées quand elle entre dans cette maison de Soulages où elle n'a que de mauvais souvenirs.

Il vient juste de partir. Les filles chahutent dans la cour, on les appellera pour le dessert ; Gilles est sur les genoux de son pépé, renversé en arrière, on pourrait le croire endormi mais il balance doucement ses pieds dans le vide, comme pour se bercer. On prend son temps, il n'est pas encore deux heures, le café est prêt sur la cuisinière. Ses sœurs ont sorti les assiettes à dessert qu'elle a toujours connues. Elles viennent du côté de la mère et représentent des fables de La Fontaine, le corbeau et le renard, le lièvre et la tortue, Perrette et le pot au lait, le loup et l'agneau. *La raison du plus fort est toujours la meilleure. Nous l'allons montrer tout à l'heure.* Elle va chercher les tasses dans le bas du buffet, c'est toujours elle qui le sert, dans ces tasses anciennes presque transparentes et très évasées qui ne sont plus à la mode. C'est le meilleur moment, elle redevient la fille aînée de la maison ; elle sait que son père prend deux morceaux de sucre dans son café, un véritable sirop, et que sa mère n'en boit plus, même le matin, parce que ça ne lui réussit pas. Elle entend ses sœurs et leurs fiancés, Jacques et Francis, elle a retenu les prénoms cette fois, rire dans la cour avec Isabelle et Claire. Son père dit que ça fait du travail, toutes ces volailles, mais que sa mère a eu raison de se lancer. Il répète, ta mère a bon nez, je le lui dis pas trop, mais tu la connais, elle sait ce qu'elle fait. L'île flottante et la brioche ronde trônent sur la table. Les filles, qui n'ont pas mangé grand-chose et sont de vrais becs sucrés, en redemandent. Gilles picore dans l'assiette de son pépé, celle du corbeau et du renard. Sa mère lui demande si elle se souvient des deux fils de la Marissou qui se battaient avec tout le monde quand ils étaient gamins ; oui, oui, elle se souvient ; ils sont à Aurillac, maintenant, employés chez ce volailler pour qui elle travaille, ils ont bonne façon, il faut voir ça, comment ils s'y prennent avec la clientèle. Plus tard les femmes se mettent à la vaisselle, même les filles, qui s'occupent des cuillères et des fourchettes ; sa mère est à l'évier, ses sœurs essuient et elle range les verres, les assiettes, les tasses dans le buffet de la salle à manger, les fiancés enlèvent les rallonges de la table et remettent tout en place en suivant les indications de ses sœurs ; ensuite ils partiront à Saint-Cernin pour encourager l'équipe première de foot, ils jouent dans la seconde et n'ont pas de match aujourd'hui ; ses sœurs les rejoindront en fin d'après-midi après l'avoir laissée à Soulages avec les enfants. C'est un dimanche ordinaire dans la vie ordinaire et pas foutue des gens normaux qui n'ont pas peur tout le temps. Ces mots lui montent à la gorge, exactement dans cet ordre. Elle pense aussi aux deux fils de la

Marissou. Elle s'appuie contre le buffet, elle se sent soulevée, elle a le vertige mais quand sa mère entre dans la salle à manger, elle commence à parler ; elle parle ; ça ne dure pas longtemps parce qu'elle raconte le pire tout de suite, sans pleurer, elle montre aussi les bleus, les traces, sous la jupe ; elle dit que là-haut elle ne peut rien empêcher, les enfants ont peur et elle a peur pour eux, maintenant ils grandissent et comprennent tout, ils voient tout. Sa mère a refermé la porte et reste debout ; elles sont seules dans la salle à manger. Elle dit que c'est fini, qu'elle ne remontera pas, plus jamais.

Dimanche 19 mai 1974

Il éteint la télévision. Félix est monté se coucher vers neuf heures, comme d'habitude, et il est resté, lui, pour écouter la soirée électorale jusqu'au bout. Giscard est élu, c'est mieux que l'autre, le socialiste, mais il préférait Pompidou ; au moins il sortait du coin, de Montboudif, tandis que Mitterrand, ou Giscard, même s'il fait semblant de jouer de l'accordéon, ne peuvent pas imaginer qu'il existe en France des paysans comme lui qui entendent pousser l'herbe à mille mètres d'altitude dans la vallée de la Santoire et savent qu'ils sont les derniers. Il secoue la tête ; s'il se met à penser à ça, à l'avenir de l'agriculture, sa nuit est fichue, même avec la sourdine de la radio dont il a pris l'habitude maintenant, depuis sept ans qu'il dort seul. Bientôt sept ans, c'était en juin, le 11, juste après la guerre des Six Jours, il ne sait pas pourquoi il se souvient de cette guerre entre les Juifs et les Arabes, mais c'est comme ça. Pour la ferme, il se souvient de tout, le début et la fin de chaque emprunt, le montant des mensualités, les dates d'achat du tracteur, de la faucheuse, de la botteleuse, de la télévision, de la machine à laver le linge, les dates des travaux de l'étable, tout tout tout. Depuis le 7 mars 1963, le jour où ils ont signé chez le notaire, il a les dates dans la tête, pas besoin de vérifier sur les calendriers du Crédit Agricole qu'il garde dans le meuble de la télévision. Il faut qu'il arrête ça aussi, les dates, sinon il ne dormira pas. Dans le lit, il pense que Pompidou est mort de la même maladie que la tante Jeanne, le cancer du poumon, à une année d'intervalle à peu près, et au même âge, puisque la tante Jeanne avait un an de plus que Pompidou. Il pense souvent à la tante Jeanne le soir. Elle voyait loin et clair, elle manque. Elle aurait aimé savoir que les filles apprennent si bien à l'école, les deux, et sont déjà en quatrième et en sixième ; il a du mal avec le numéro de la classe des filles, il l'écrit aussi sur le calendrier de l'année en cours, dans la marge. Les filles avancent, Gilles est encore dans le primaire, il ne sait pas trop à quel niveau. L'année passée, pour l'enterrement de la tante Jeanne, le jeudi 27 septembre, Claire avait lu un long texte, devant tout le monde dans l'église pleine, et le curé qui venait souvent manger à Soulages avait très bien organisé la cérémonie. Il avait dû lutter pour ne pas pleurer à cause de la voix de sa fille qui lisait très bien, mieux que le curé, sans se démonter devant tout ce monde alors qu'elle venait d'avoir onze ans et sortait juste de l'école primaire. Il avait pensé très fort à la tante Jeanne qui était couchée dans le cercueil et aurait été tellement fière.

Giscard va faire passer la majorité à dix-huit ans, dans quatre ans Isabelle sera majeure. Il calcule, dans quatre ans, Isabelle aura le bac, s'il ne se trompe pas. Il recommence, la troisième au collège et ensuite trois années au lycée, 1978, elle aura le bac, et Claire aussi, deux ans après. Elles feront des études, à Clermont-Ferrand peut-être. Dans la commune il connaît une fille de paysan qui étudie à Clermont pour devenir pharmacienne, tout le monde la connaît, et il sait qu'elle a été pensionnaire dans ce lycée d'Aurillac où iront ses filles. Il s'accroche pour comprendre et suivre le mouvement. Il faudra payer pour les études après le bac, même avec le système des bourses, il faudra payer et il aura les moyens ; les filles ne sont pas bêtes, elles verront la différence avec leur mère. Depuis qu'il a fait installer la télévision, l'été qui a suivi la séparation, il ne confond pas séparation et divorce, le divorce n'a été prononcé que trois années plus tard, le 17 juin 1970, depuis qu'il a la télévision donc, M. Durif, le mari de la première institutrice d'Isabelle, vient régulièrement à la ferme. M. Durif est électricien, il vend des télévisions mais il s'intéresse à tout. On peut parler avec lui des affaires du coin, et aussi de l'agriculture, des élections, du rugby ou des études des filles. Avec une femme institutrice, M. Durif est bien renseigné et lui a expliqué l'organisation des études ; il est patient, il peut recommencer autant de fois qu'il le faut, on dirait que ça le concerne lui, personnellement. Il aime bien parler avec M. Durif, qui a largement cinquante ans et l'a très vite appelé par son prénom ; lui aussi a fini par s'y mettre, même si c'était difficile au début. Roger, M. Durif s'appelle Roger, n'a jamais fait de commentaires ni posé de questions sur la séparation, le divorce, et tout le tremblement, les histoires avec les avocats, le tribunal. Les gens ont dû parler, pourtant, à tort et à travers ; on n'avait encore jamais vu ça dans le pays, un divorce dans une ferme, une femme qui s'en va avec les trois enfants jeunes, petits. Au début, les gens ont dû penser comme ses parents et lui, qu'elle allait revenir ; ça lui passerait, elle se calmerait, il était le père des enfants et ils avaient acheté cette ferme ensemble, elle avait signé. Il se souvient qu'il avait été vexé de ne pas l'avoir senti, qu'elle pourrait partir comme ça, avec les trois gosses, sans affaires, sans rien, alors qu'il croyait la tenir, surtout par l'orgueil ; elle aimait faire la patronne, et se promener en voiture dans le bourg pour aller à la messe ou aux courses avec les gamins bien habillés. Il ne la pensait pas capable d'un coup pareil, elle avait de la gueule, elle était bonne pour bramer et se plaindre toute la journée, mais décider, partir et ne pas remonter, non, il n'y croyait pas, surtout quand on avait commencé à parler d'argent avec les avocats. Elle tenait à l'argent de la ferme, à sa part, comme elle disait, sauf qu'ils avaient encore beaucoup à rembourser à la banque et que la loi n'était pas pour elle, elle était dans son tort puisqu'elle était partie. La tante Jeanne, quand elle avait été mise au courant, en arrivant de Paris en juillet, un mois plus tard, avait tout de suite dit qu'ils se trompaient, lui et les parents, en faisant comme si ça allait s'arranger et finir par se rabibocher plus ou moins. La tante Jeanne avait eu raison.

Il ne dort pas, toujours pas, c'est parti pour la nuit, il le sent. Il connaît la musique ; avec une bonne sieste sur le banc après manger, il tient le coup quand même, il est solide. Il en a passé des nuits blanches entre 1967 et 1970, des nuits entières à calculer comment faire pour ne pas revendre, ne pas capituler et redescendre dans le pays bas travailler chez son père ou dans une ferme louée. Il fallait trouver de l'argent, pour racheter sa part à elle. Il en a trouvé, il s'est défoncé, il a tenu le choc, il aime bien ces expressions, et maintenant tout est à lui. Dans deux ans, très exactement, quand il aura remboursé les dernières échéances au Crédit, tout sera vraiment à lui, les terres, la maison, la grange et l'étable, le cheptel, tout. Il aura encore des emprunts en cours pour des achats de matériel ou des travaux d'amélioration des bâtiments, mais c'est normal et c'est même plutôt un signe de bonne santé pour une ferme, à condition que le taux d'endettement reste raisonnable par rapport aux rentrées d'argent. Il a compris ça depuis longtemps ; il sait qu'il doit anticiper, c'est un mot qui lui va bien même s'il vient de la banque. Anticiper, voir venir ; se lancer dans l'entreprise agricole par exemple, pour la fenaison, avec de bonnes machines et à condition d'être courageux et de maîtriser les engins. Il le fait depuis trois ans et ça marche. On sait qu'il est sérieux et viendra travailler même le dimanche si l'orage menace. Les paysans des petites fermes qui sont proches de la retraite et ne veulent pas ou ne peuvent pas investir dans du matériel font appel à lui et l'argent rentre. L'argent rentre, sort, circule ; mais, maintenant qu'il est seul maître à bord, il sait exactement où il va et à quoi il sert. La somme de la pension alimentaire pour les trois gosses est retirée chaque mois sur le compte, c'est net et il préfère ça ; pareil pour les salaires de Gérard, le vacher, de Félix et de Mme Chassagnoles qui vient deux heures par jour du lundi au vendredi et quatre heures le samedi et s'occupe de tout, du ménage, du linge, des courses de nourriture et de la cuisine, surtout de la cuisine. C'est la tante de Gérard et elle tient mieux la maison que son ex-femme. Il ne sait plus comment la nommer, elle ; devant les gens il ne prononce pas son prénom, il disait la femme, mon ex-femme, maintenant c'est plutôt la mère des enfants, la mère des gosses, et il en parle le moins possible.

Du temps a passé sur tout ça, sept ans, il a trente-sept ans, elle aussi. Il remue ses orteils et il s'étale dans le lit, il aime bien avoir toute cette place pour lui. Mme Chassagnoles change les draps un samedi sur deux, elle l'a fait la veille et il respire cette bonne odeur de propre. Jamais il ne vient avec une femme dans cette chambre, ni dans cette maison, il se débrouille autrement. Il a toujours su s'arranger très bien pour ça quand il était marié et il n'a pas changé grand-chose à ses habitudes. Il trouve des femmes, sans payer, mais il ne les amène pas chez lui. Aucune femme ne s'installera chez lui. Au fond, ce que les gens ont pu dire et penser lui est égal, c'est derrière lui, avec tous les discours des avocats et du juge. Heureusement. Le pire, c'était les avocats, même le sien, et les juges ; avec eux, il avait l'impression de retourner à l'école, d'avoir du mal à suivre, d'être toujours en faute. Il ne comprenait pas leurs mots, leurs grandes phrases. Il voyait bien qu'elle faisait semblant pendant les rendez-vous dans les bureaux à Aurillac, mais elle ne devait pas comprendre grand-chose non plus. Il voyait surtout qu'elle avait peur de lui, il reconnaissait cette peur et elle le savait. Elle aura toujours peur de lui, et son fils aussi, son fils est comme elle ; les filles, c'est différent. Il tord un peu la bouche. Elle a peur et elle a honte, et elle n'a pas dû raconter tout de ce qui se passait entre eux, ni à sa mère, ni à son avocat. Elle gardera ça pour elle. Même si, au début, pendant l'été de 1967, il était dépassé par les événements, il emploie cette expression commode, il avait compris très vite, son avocat le lui avait expliqué, qu'elle s'était mise dans son tort en quittant le domicile conjugal. Il se souvient de ces mots, abandon du domicile conjugal. C'était sa chance à lui, et sa force ; elle n'aurait droit à rien pour elle, il paierait une pension pour les gosses, et rachèterait sa part de la ferme, en trouvant le moyen de lui lâcher le moins possible d'argent puisqu'elle avait choisi de partir. C'est lui qui faisait rentrer l'argent, lui tout seul, depuis le début, pas elle, elle était juste capable de le dépenser et d'en réclamer encore et encore pour les courses et pour les gosses ; c'était sans fin, ça le mettait hors de lui, qu'elle vive comme ça sur son dos. Elle était un poids mort, toujours à tournicoter dans la maison et dans la cour, à tout commencer sans rien finir, à peine capable de commander la bonne qu'il payait, lui, parce qu'elle ne pouvait pas se débrouiller seule. Toujours enceinte, à se traîner, énorme, de plus en plus énorme, et molle. Il enfonce sa tête dans le traversin, il appuie, son cou se raidit, il faut qu'il se calme ; c'est fini, fini, il est débarrassé. Même si elle restera la mère des gosses. On ne peut rien y changer. Au début il avait cru qu'elle serait une bonne mère, au moins ça, qu'elle s'occuperait bien des enfants, qui sont venus trop rapprochés, c'est sûr, il le reconnaît, mais dès qu'on la touchait, elle était enceinte, tout de suite. Elle se mélangeait les pinceaux dans les températures, évidemment ; il n'a pas oublié le nom de la méthode, Ogino, la méthode Ogino. Encore une sacrée invention, ce machin. Sa belle-mère avait trouvé la solution, ligature des trompes après la troisième naissance. Il a retenu les mots et s'en étonnerait presque. Il ne dormira pas, c'est fichu, tant pis. Sa belle-mère est une femme d'aplomb, c'est elle le chef à Fridières, elle fait tourner la ferme et l'élevage de volailles où elle emploie sa fille divorcée et doit passer derrière elle pour tout, il en est sûr, en s'échinant pour lui payer un salaire. Les commerçants d'Aurillac pour lesquels elle travaille sont des gars sérieux et costauds, son frère les connaît, il faut que la marchandise soit parfaite et prête au bon moment. On ne lui fera pas croire, à lui, que son ex-femme est devenue par miracle capable de tenir une place et de faire face à de vraies responsabilités. Au fond il a refilé le boulet à la belle-mère qui devra le traîner jusqu'au bout, et c'est mieux comme ça.

Sa mère lui raconte tout quand il descend à Soulages le dimanche, à peu près une fois par mois ; son père n'aime pas parler des gens mais sa mère a la langue bien pendue, surtout quand ils ne sont que tous les deux et qu'il s'agit de dire du mal de sa bru. Sa mère continue à employer ce mot et se retient devant les enfants qui viennent manger avec eux quand il est là. Le repas du dimanche avec le père chez les grands-parents paternels est prévu dans le jugement, marqué, noir sur blanc, mais il ne regarde jamais cette paperasse, même s'il sait exactement où elle est rangée dans le meuble des papiers qui lui vient de la tante Jeanne. Il tâche de respecter les dates et de descendre une fois par mois, sauf l'été, si le travail d'entreprise agricole presse trop. On ne peut pas dire au paysan qui compte sur vous pour botteler du foin sec, je viendrai pas aujourd'hui, je dois aller manger chez mes parents avec mes enfants, parce que le tribunal l'a décidé ; on n'est pas fonctionnaire. Au début, en 1967, il était resté plusieurs mois, au moins six, jusqu'à Noël, sans voir les gosses. Le temps passait vite et il avait autre chose à penser, il devait tenir le coup à la ferme, lui, et s'occuper de tout sans aller pleurnicher chez ses parents. C'est trop facile de retourner chez sa mère en se faisant passer pour une victime, elle avait le beau rôle, la femme battue coincée avec un mari violent et des enfants petits qui avaient peur. Comment il avait fait pour s'embarquer avec un boulet pareil. Elle le rendait dingue, avec ses yeux de chien, et il cognait, il cognait dans le tas, ça c'est sûr. Il ne veut pas y penser, sa tête remue sur le traversin ; peut-être que ça aurait pu mal se terminer, chez les gendarmes, en prison, ou même pire. Elle a dit et répété, et son avocat aussi, qu'il aurait fini par s'en prendre aux gosses, qu'ils avaient peur, les trois, de plus en plus ; elle était partie pour protéger les gosses. Les sauver. Il se souvient de ce mot. Les sauver. Comme si elle était capable de sauver ses gosses alors qu'elle était pas fichue de s'occuper d'elle-même et de rester propre. Elle ne s'appliquait que pour ses vêtements à lui, elle se méfiait ; pour tout le reste, c'était ni fait ni à faire. Il pense à ce que Mme Chassagnoles a dû nettoyer au début dans la maison, au linge plus ou moins moisi entassé dans le débarras et à la viande pourrie oubliée au fond du saloir à la cave. Il n'avait pas gardé Nicole, la petite bonne, elle était trop jeune. Gérard lui avait dit que sa tante, qui était veuve, avait besoin de travailler. Mme Chassagnoles avait pu commencer tout de suite. Sauver les gosses. Il sent remonter dans sa bouche un mauvais goût, un goût de fer froid, qu'il reconnaît. Il ne veut pas. Il ferait mieux de se lever, il regarde le réveil qui marque presque deux heures. Il respire à fond, il faut se calmer.

Avec Suzanne, il n'avait jamais cogné, jamais ; elle ne l'aurait pas supporté une seule seconde. C'était une autre vie, ils n'habitaient pas ensemble, lui à la caserne, elle en ville, elle avait son travail dans les bureaux et quelques années de plus que lui, elle avait de l'expérience, dans tous les domaines. Une maîtresse femme, Suzanne était une maîtresse femme. Il ne sait pas d'où lui vient cette expression mais il la réserve pour elle. C'était le Maroc, une autre vie, vingt-sept mois. Il avait appris à nager, Suzanne lui avait montré, il se débrouillait bien. Il a oublié maintenant, il en est certain, il n'a plus jamais essayé depuis son retour, personne ne nage dans le Résonnet ou dans la Santoire, qui ne sont pas assez hauts l'été et trop froids aux autres saisons. Il a gardé son maillot de bain qui est au fond du tiroir des caleçons. Aussitôt après son mariage, dès les premières semaines, quand il avait vu comment ça tournait, il avait regretté d'être revenu, de ne pas avoir rempilé. Ses parents n'auraient pas compris, et les bêtes, le métier, la montagne lui manquaient quand il était au Maroc. Il faisait beaucoup trop chaud dans ces pays, et il avait surtout eu peur, s'il s'engageait, d'être envoyé en Algérie, où ça bardait vraiment en 1959, et de perdre sa planque. Jardinier du colonel à Casa, c'était une sacrée planque, le paradis, avec une femme comme Suzanne, les copains, un boulot pépère et le colonel qui lui faisait confiance. Il se souvenait des ânes maigres et des gosses pieds nus, des garçons en guenilles, qui les suivaient partout, eux, les soldats français. On se sentait riche au Maroc quand on était blanc. Il serait devenu chauffeur, il aurait passé tous ses permis. Il n'avait dit à personne qu'une fiancée l'attendait au pays ; il écrivait des lettres, il en recevait aussi, il avait raconté qu'il connaissait quelqu'un, une voisine, ils étaient allés à l'école ensemble mais rien n'était engagé. Il aurait dû rester au Maroc ; oui, mais à l'armée, il aurait toujours été commandé, il aurait fallu obéir, même si c'était moins difficile d'obéir au colonel qu'à son propre père. À la ferme, ici, c'est lui le colonel, il commande et il paie, il est le patron. Il ne regarde pas les photos du Maroc, il sait où elles sont, maintenant que les armoires sont impeccables, bien rangées, au cordeau, il le sait exactement, mais il ne les regarde pas. Il ne se retourne pas, il faut aller de l'avant.

Il n'a jamais beaucoup aimé les photos,

même si la tante Jeanne disait que c'était important pour une famille d'avoir des albums, surtout avec les appareils de maintenant qui étaient de plus en plus pratiques. Elle lui avait offert celui du Maroc, quand il était parti au service, mais il ne lui avait pas montré les photos de Suzanne. On n'avait rien dit à la tante Jeanne au moment de la séparation, en juin ; on avait attendu qu'elle descende de Paris au 14 juillet, comme elle faisait toujours, pour la mettre au courant. Elle avait peut-être été déçue, il ne sait pas, mais elle n'avait pas semblé surprise et n'avait pas fait de commentaires ; elle avait seulement dit, tout de suite, que c'était définitif et qu'il fallait penser aux enfants, s'arranger au mieux pour les enfants. Elle était allée plusieurs fois à Fridières, à pied, comme en se promenant, pour prendre des nouvelles, parler, trouver des solutions. Elle était la seule à pouvoir le faire, et elle était toujours très bien reçue à Fridières. Elle répétait ces mots, très bien reçue, trouver des solutions, ensemble, pour l'avenir des enfants. Avant de repartir à Paris, fin août, elle l'avait pris à part, lui, seul, pour lui dire de ne jamais s'énerver avec les juges et les avocats, même s'il en avait envie, même s'il était révolté, c'était la lutte du pot de terre contre le pot de fer, et la justice aurait le dernier mot. Elle insistait. S'il voulait garder sa ferme, il devait rester calme et accepter ce que proposaient les avocats et le juge pour la pension et les visites des enfants. Elle ne voulait pas savoir ce qui s'était vraiment passé avec sa femme, dans son couple, elle avait employé ce mot, mais il était le père de trois enfants, ça lui imposait des devoirs et on ne pouvait rien changer à ça. Il n'avait pas répondu, il comprenait qu'elle avait raison et qu'il faudrait s'en tenir à ce qu'elle disait. Il avait pris et glissé dans son portefeuille la photo qu'elle lui avait tendue pour qu'il la garde avec lui, là-haut, à la ferme. Elle y est encore, sur le rebord du buffet, à côté du poste de radio qu'il allume le matin quand il boit le café avec Félix avant de descendre à l'étable. La tante l'avait prise à Noël 1966, dans la cuisine des parents, à Soulages, devant la télévision que le père venait d'acheter. Les trois gosses sont debout, ils ont leur chaîne de baptême au cou, ils ont été gâtés et ils posent avec leurs cadeaux de Soulages, deux poupons et deux valises de dînette pour Isabelle et Claire, une grosse voiture rouge pour Gilles.

Les enfants ont grandi, il ne les voyait pas changer quand il vivait avec eux ; maintenant c'est différent. Les filles tiennent de son côté, elles sont vives, elles résistent ; le fils ressemble à la mère, il l'a su dès le début, elle l'a trop couvé et maintenant c'est comme s'il n'avait pas de fils. Il aime bien les repas du dimanche chez ses parents. Sa mère fait la cuisine comme personne, la truffade, ou l'aligot, le coq au vin, le pot-au-feu, le flan aux œufs, les tartes aux pommes ou aux pruneaux ; elle s'active, elle sert debout, les gosses ne disent presque rien, ils mangent et se tiennent un peu raides, surtout Gilles qui reste entre ses deux sœurs et a toujours l'air plus ou moins endormi. Sa mère parle beaucoup et fort, elle raconte les histoires des gens, les maladies, les morts, les naissances, les mariages, elle le tient au courant et il écoute pour lui faire plaisir, mais il se sent de plus en plus loin de tout ça parce que sa vie est ici, à la ferme, en haut. Il croise rarement son frère et sa belle-sœur qui ouvrent leur magasin le dimanche matin et n'arrivent chez les parents, une semaine sur deux, qu'en fin d'après-midi, quand il est déjà reparti. Il discute avec son père, ils ne sont pas toujours du même avis, loin de là, et ils n'auraient pas pu travailler ensemble, mais son père est de très bon conseil pour les bêtes, pour les achats de matériel, pour l'avenir de la ferme. Son père pense qu'il devrait s'agrandir, chercher des hectares à louer, quinze ou vingt, dans la commune, le plus près possible pour ne pas perdre de temps sur les routes ; il pourrait tenir davantage de bêtes et sortir davantage de fromages chaque semaine, au prix où se vend le saint-nectaire, c'est de l'or, et il ne faut pas attendre que les cours baissent, il faut battre les fers tant qu'ils sont chauds. Son père a sans doute raison. Avec tous les paysans en bout de course qu'il connaît, chez qui il va faner, des types à deux doigts de la retraite et sans suite, il est bien placé pour savoir quelles terres seront à louer dans les deux années à venir et se mettre sur les rangs. Lui non plus n'aura pas de suite. Les filles feront des études, elles auront des métiers en ville, elles ne voudront pas rester à la ferme et elles auront raison, même si l'aînée, Isabelle, aurait fait une sacrée paysanne. Elle a toujours eu bonne façon, depuis toute petite, mais on ne sait pas comment les choses vont tourner dans les prochaines années, encore moins avec le prix du pétrole, ce nouveau président qui ne connaît rien à l'agriculture de montagne, et les lois de l'Europe qui se mêlent de tout. On est de moins en moins maître chez soi, les charges augmentent, payer deux ouvriers et une femme pour la maison, comme il le fait, et retomber sur ses pieds malgré tout, c'est un exploit qui n'est pas à la portée de tout le monde. Il se retourne dans le lit. Les filles seront mieux en ville, il pourra financer les études, elles feront la part des choses entre leur mère et lui, et elles auront un bon métier, pharmacienne, docteur, avocat, ou professeur, qui est mieux qu'institutrice, Roger Durif le lui a expliqué. Il se retourne encore. Pour le fils, il n'y voit pas clair, il sent que Gilles est tout du côté de sa mère et de son grand-père maternel ; ils en feront une nouille, pas un homme capable de tenir une ferme. Il en revient toujours à ça dès qu'il pense aux gosses, il a perdu le fils, même si la tante Jeanne lui avait dit avant de mourir, et il se souvient exactement de ses paroles, tu n'auras peut-être pas de suite mais tu auras toujours trois héritiers et ça change tout.

Pendant les grandes vacances, quand la fenaison est terminée, les trois enfants sont censés passer deux semaines à la ferme chez lui, chez le père, c'est aussi écrit dans les papiers du tribunal. Avec les années, il a constaté qu'il est possible de s'écarter un peu du jugement, pourvu que ça arrange tout le monde. La mère des gosses est comme lui, elle craint les avocats, les juges et tout ce cirque, qui n'en finit pas et coûte cher ; elle évitera les complications. Il se tient à carreau pour la pension alimentaire et, pour le reste, à condition de ne pas exagérer, on n'est pas obligé de respecter mot pour mot ce que le tribunal a décidé. Les filles sont toujours venues, quinze jours chaque fois, mais Gilles n'est jamais resté plus d'une semaine. L'une ou l'autre de ses deux tantes est montée avec son mari, le dimanche après-midi, pour le récupérer. Elles ne viennent pas seules, elles sont mariées maintenant, elles ont des enfants elles aussi, elles les laissent chez leur mère quand elles montent, elles ne traînent pas, on lui dit à peine bonjour, à lui, comme s'il était le diable. Elles embarquent le gamin et ses affaires, parlent un peu avec les filles qu'elles viendront chercher le dimanche suivant, sauf s'il décide de les redescendre lui-même. Ses belles-sœurs sont dégourdies, elles n'ont pas froid aux yeux et elles ont dû en entendre des vertes et des pas mûres sur lui pour ne pas oser monter seules, sans leur mari. Il sait encore comment ça marche dans cette famille, c'est une vraie tribu, les hommes ne comptent pas, la mère commande tout et les filles se tiennent les coudes. Avec lui, au moins, elles se sont cassé les dents. On vit une drôle d'époque, depuis mai 1968 et leur révolution, les femmes veulent prendre la place des hommes, il voit les images de la télé, il écoute le poste, il lit le journal aussi, il s'intéresse ; le monde est chamboulé et ça le dérange. Même dans sa ferme, dans sa vallée, au bord de la Santoire, au milieu de rien, il est atteint, il est touché, on voudrait le commander et il est dérangé.

Il n'aime pas penser à ces histoires mais, quand il commence, il ne peut plus s'arrêter de ruminer, surtout la nuit ; dans la journée heureusement il n'a pas le temps. Il respire à fond la bonne odeur de linge propre, pour se raccrocher à quelque chose, mais il tourne en rond quand même. De son temps à elle, la maison n'était pas tenue, sauf quand les bonnes faisaient le boulot, mais elle ne savait pas les commander, les filles lui prenaient le dessus. Il en devenait fou de voir un gâchis pareil dans sa propre maison, il payait le salaire, lui, et le travail n'était jamais fait comme il faut. Pour la cuisine, elle aurait pu se débrouiller. Elle avait été bien apprise à Fridières, sa belle-mère était à la hauteur pour ça aussi, le coq au vin de sa belle-mère et ses tartes valaient ceux de sa propre mère ; il le savait même s'il ne l'aurait jamais reconnu devant quelqu'un. Son ex-femme était capable pour la cuisine, mais elle s'y prenait trop tard, toujours au dernier moment il lui manquait ceci ou cela, elle rouspétait, elle s'énervait contre les casseroles, et surtout, surtout, elle laissait traîner la vaisselle sale pendant des heures, tout l'après-midi, et même jusqu'au soir, le dimanche, quand la bonne n'était pas encore rentrée. L'évier débordait et ça le dégoûtait de manger dans ces conditions. À Soulages, tout était nettoyé et rangé au fur et à mesure, avant le repas, et à Fridières aussi quand ils descendaient le dimanche, c'était impeccable. Il avait fallu que ça tombe sur lui, une femme molle et nulle, nulle en tout. Il a ses mots, toujours les mêmes, depuis des années, molle, nulle, vide. Il pense de moins en moins souvent à cette vie, il était toujours prêt à exploser, et plus elle avait peur, plus il s'énervait. C'est mieux maintenant, même sans suite pour la ferme. Il est encore trop jeune pour penser à ça, à la suite ; il verra dans dix ou douze ans, il aura cinquante ans et les filles auront fini d'étudier. Elles feront honneur, c'est sûr ; cette expression de la tante Jeanne lui revient d'un seul coup.

Il doit signer les bulletins du collège, il le fait chez ses parents, trois fois par an, à peu près, à

Noël, à Pâques, et à la fin de l'année scolaire. Il voit les moyennes, des dix-huit et des dix-neuf partout, sauf en travaux manuels pour Claire et en musique pour Isabelle ; il lit les appréciations, très bien, très bien, excellent, travail remarquable, il oublie les formules qui sont toutes les mêmes, les profs se fatiguent pas, ils se recopient les uns les autres. Sa mère regarde les bulletins aussi, et même son père, qui ne s'intéresse pas beaucoup aux gosses, sort son portefeuille et donne un billet aux filles. Elles le prennent, elles sont gênées mais elles le prennent et elles ont raison. C'est pas avec ce que doit gagner leur mère qu'elles auront de l'argent de poche. Quand les filles montrent les bulletins, toujours au dernier moment avant de repartir à Fridières, après le repas et le café, Gilles reste à l'écart. On n'a pas de bulletin à signer à l'école primaire sans doute. Il préfère ne pas savoir mais ça l'étonnerait que Gilles apprenne aussi bien que ses sœurs. Lui non plus n'aimait pas l'école, il s'ennuyait, il regardait par la fenêtre à longueur de journée. Il voyait les prés, les bois, les vaches de son père et celles des autres paysans, il ne comprenait pas bien pourquoi il fallait rester assis là à répéter des leçons au lieu de galoper dehors. Il n'a pas eu son certificat, il s'en fichait à l'époque, maintenant il regrette parce que l'instruction qu'il n'a pas lui manque, même pour les affaires de la ferme, et aussi parce qu'il avait déçu la tante Jeanne qui ne méritait pas ça. Il avait toujours aimé le travail de la ferme et les bêtes, surtout, les vaches. Il disait qu'il avait la vache et le métier de paysan dans le sang, comme son père et son grand-père avant lui. On l'avait, ou pas, son frère ne l'avait pas, son fils et Claire non plus, mais Isabelle oui ; sauf qu'Isabelle était une fille et que les temps avaient changé. Il ne donne pas de billet aux filles pour leur bulletin, il paie déjà la pension chaque mois pour les trois, et elles le savent. Elles comprennent tout, on n'a pas besoin de leur dire les choses deux fois et on ne sait jamais ce qu'elles pensent, même quand elles remercient leur grand-père pour les billets.

Elles s'entendent entre elles, il le voit l'été quand elles sont là, surtout la deuxième semaine où elles restent seules, sans Gilles.

Elles aiment bien Félix et Mme Chassagnoles, qui demandent toujours de leurs nouvelles pendant l'année quand il revient de Soulages. Elles vont chercher l'herbe pour les lapins au bord du chemin et en profitent pour descendre à la Santoire se tremper les pieds, elles cueillent les haricots avec Félix, elles balaient la cuisine ou essuient la vaisselle en posant sur la table ce qu'elles ne savent pas ranger. Elles vont étendre la lessive au jardin, il les entend parler et rire de loin mais elles se taisent quand il approche. Elles ne lui parlent pas mais elles répondent toujours, en le regardant en face, quand il s'adresse à elles. Il ne sait pas trop quoi leur dire. Claire repasse elle-même les affaires qu'elles ont apportées et elles ne laissent rien traîner, jamais. Tout reste dans leur chambre qui est la même que quand elles vivaient là, il n'a rien changé dans la maison encore, sauf le lit de Gilles qui était trop petit et venait de Fridières, mais il pense à de gros travaux, dans quelques années. En vieillissant on a besoin de plus de confort, ses parents ont très bien arrangé Soulages et il fera comme eux. Il n'aimerait pas que les gosses, quand ils sont là, restent trop plantés devant la télévision mais ils n'ont pas cette habitude et la regardent à peine. Les filles écoutent sur leur poste de radio des chansons de jeunes. Isabelle ne monte plus dans l'arbre comme elle faisait toujours quand elle était petite, elles sont trop grandes pour la balançoire, même Claire, mais elles restent dans la cour pendant des heures, assises sur le mur à l'ombre pour lire des livres qu'elles apportent avec elles et *Paris-Match* qu'elles prennent dans la pile sur la table du couloir. Il entend Félix qui se retourne dans son lit et va se lever, descendre et faire chauffer le café. Il est presque cinq heures, il a peut-être dormi un quart d'heure ou vingt minutes. Ce qu'il préfère, quand les filles sont là, c'est le dimanche matin ; elles lui lavent le dos, l'une ou l'autre, à tour de rôle, ça arrive deux fois par an. Ils sont seuls dans la cuisine, un peu avant dix heures. Il prépare un premier gant bien chaud et savonné sur le bord de l'évier, à gauche, et un deuxième, à droite, très chaud aussi, mais sans savon, pour rincer. Elles descendent, remontent, plusieurs fois, de la nuque aux reins, sans mouiller la bande élastique du slip kangourou, en écartant les doigts de la main dans le gant mais sans presser pour éviter de faire rouler des gouttes. Elles ne disent rien, lui non plus. Elles s'appliquent et il y pense chaque dimanche matin, pendant le reste de l'année, quand elles ne sont pas là.

Jeudi 28 octobre 2021

La cour est vide. La maison est fermée. Claire sait où est la clef, sous une ardoise, derrière l'érable, mais elle n'entrera pas dans la maison. Elle n'y entrera plus. Elle serait venue même sous la pluie, même si l'après-midi avait été battue de vent froid et mouillé comme c'est parfois le cas aux approches de la Toussaint, mais elle a de la chance; elle pense exactement ça, qu'elle a de la chance avec la lumière d'octobre, la cour de la maison, l'érable, la balançoire, et le feulement de la Santoire qui monte jusqu'à elle dans l'air chaud et bleu. Elle traverse la cour et les dernières feuilles de l'érable craquettent sous ses pas. Les nouveaux propriétaires vivent dans une commune voisine et n'habiteront pas la maison, du moins pour le moment, mais ils sauront bien s'en occuper, comme ils le font depuis plus de deux ans pour les terres qu'ils ont achetées au printemps 2019. Claire se souvient de la date exacte, elle avait accompagné chez le notaire de Riom le père qui le lui avait demandé parce qu'il ne se faisait déjà plus tout à fait confiance pour conduire. Les nouveaux propriétaires sont jeunes, ils sont vaillants, ils ont trois enfants, des garçons vifs et drus qui grimperont dans l'érable et feront de la balançoire, lancés éperdument entre le mur du jardin et la façade de la maison, quand leur père aura réparé, ou changé, le portique qui donne de sérieux signes de faiblesse. Claire a cinquante-neuf ans et, depuis longtemps, elle ne cherche plus à comprendre ce que représente pour elle cette cour rectangulaire perdue au fond d'une vallée minuscule où elle n'a passé que les cinq premières années de sa vie et deux semaines par an entre sa sixième et sa dix-septième année, soit vingt-quatre semaines en tout, autant dire six mois. Cinq années et demie dans la vallée de la Santoire, et une vie entière entre Aurillac, Fridières et Paris. La source serait là, une source. Elle préfère le mot source au mot racine. Elle a beaucoup retourné ces questions quand elle avait trente ou quarante ans. Elle sait que sa sœur et son frère s'arrangent aussi comme ils le peuvent avec cette maison des petites années, la cour et l'érable, Fridières et le reste. Elle les retrouvera dans une heure, avec les nouveaux propriétaires, chez le notaire de Murat pour signer la vente de la maison. Elle pense que c'est le dernier acte et s'en voudrait presque de ne pas pouvoir remplacer ce terme un peu grandiloquent, qui lui tombe dessus dans la cour vide, par un autre, plus neutre, plus dégagé ; la dernière étape, la dernière démarche, la dernière formalité. Ils liquident, ils liquident l'héritage, ils ont été les trois héritiers du père. Claire respire l'odeur tiède et sucrée des feuilles alanguies. Alangui est ridicule, elle le sait, mais elle laisse ce mot monter et la déborder. Personne n'a jamais été vraiment alangui dans cette cour, en tout cas personne qu'elle connaisse. Elle se prend à espérer que quelqu'un l'ait été avant eux et à souhaiter que quelqu'un puisse l'être après eux, les cinq, vissés là pendant une poignée d'années, et le père ensuite, fort peu alangui et seul en son fief, quasiment jusqu'à la mort. Claire s'adosse au tronc de l'érable. Elle écoute la Santoire. Elle a posé sa main droite ouverte sur le lichen roux de la façade, elle va partir, elle se souviendra de tout. Elle ne ferme pas les yeux, la lumière est douce.

Du même auteur
chez Buchet/Chastel :

Le Soir du chien, roman, 2001 (prix Renaudot des lycéens 2001).
Liturgie, nouvelles, 2002.
Sur la photo, roman, 2003.
Mo, roman, 2005.
Organes, nouvelles, 2006.
Les Derniers Indiens, roman, 2008.
L'Annonce, roman, 2009 (prix *Page des libraires* 2009 ; prix *La Montagne*/Terre de France 2009).
Album, 2012.
Les Pays, roman, 2012 (prix du Style 2012).
Joseph, roman, 2014.
Histoires, nouvelles, 2015 (Goncourt de la nouvelle 2016).
Nos vies, roman, 2017.
Histoire du fils, roman, 2020 (prix Renaudot 2020).

Marie-Hēlēne Lafon

au Livre de Poche

Le Livre de Poche s'engage pour
l'environnement en réduisant
l'empreinte carbone de ses livres.
Celle de cet exemplaire est de :
200 g éq. CO_2
Rendez-vous sur
www.livredepoche-durable.fr

PAPIER CERTIFIÉ

Composition réalisée par Soft Office

Achevé d'imprimer en juillet 2024 en Espagne par
LIBERDUPLEX
Dépôt légal 1re publication : août 2024
LIBRAIRIE GÉNÉRALE FRANÇAISE
21, rue du Montparnasse – 75298 Paris Cedex 06

73/7785/8